MUNDOS PARALELOS

MUNDOS PARALELOS

FICÇÃO CIENTÍFICA

Organização • Ana Rüsche

GLOBOCLUBE

Copyright © 2023 Editora Globo S.A.
Copyright de texto © 2023 by Alexey Dodsworth, Ana Rüsche, Enéias Tavares, Iana A, Jim Anotsu, Lady Sybylla, Roberta Spindler, Toni Moraes, Vic Vieira Ramires

Todos os direitos reservados. Nenhuma parte desta edição pode ser utilizada ou reproduzida — em qualquer meio ou forma, seja mecânico ou eletrônico, fotocópia, gravação etc.— nem apropriada ou estocada em sistema de banco de dados sem a expressa autorização da editora.
Texto fixado conforme as regras do novo Acordo Ortográfico da Língua Portuguesa (Decreto Legislativo nº 54, de 1995).

Editor responsável: Lucas de Sena
Assistente editorial: Jaciara Lima
Revisão: Ção Rodrigues e Marcela Isensee
Projeto gráfico e diagramação: Luyse Costa
Aplicação de emendas: Ilustrarte Design
Ilustrações de capa e internas: Vagner Vargas

CIP-BRASIL. CATALOGAÇÃO NA PUBLICAÇÃO
SINDICATO NACIONAL DOS EDITORES DE LIVROS, RJ

M928

Mundos paralelos : ficção científica / organização Ana Rüsche ; Alexey Dodsworth ... [et al.] ; ilustração Vagner Vargas. - 1. ed. - Rio de Janeiro : GloboClube, 2023.
128 p. (Mundos paralelos)

"Paratextos"
ISBN 978-65-85208-02-4

1. Ficção científica. 2. Literatura juvenil brasiliera. I. Rüsche, Ana. II. Dodsworth, Alexey. III. Vargas, Vagner. IV. Série.

22-81526   CDD: 808.899283
                      CDU: 82-93(81)

Meri Gleice Rodrigues de Souza - Bibliotecária - CRB-7/6439

1ª edição | 2023

Editora Globo S.A.
Rua Marquês de Pombal, 25
CEP 20230-240 – Rio de Janeiro – RJ
www.globolivros.com.br

Mundos paralelos é uma coleção feita para explorar novos universos, entreter e assustar, resolver enigmas, pensar na vida e suas possibilidades, soltar a criatividade, curtir uma boa leitura. Convidamos oito escritores de diferentes lugares, com diferentes trajetórias e jeitos de contar histórias, e gostaríamos que você também participasse dessa aventura pela linguagem. Aqui você pode se encontrar com personagens bem diversos, dialogar com eles, conhecer suas histórias, e a partir disso assumir uma posição no mundo, com sua sensibilidade e imaginação em jogo. Existem infinitas formas de se expressar e de estar neste planeta, e em algum mundo paralelo você também é personagem ou autor de uma história. Já pensou nisso?

Sumário

Fim dos tempos
Alexey Dodsworth   8

O Parthenon Místico contra o lobisomem da Perdição
Enéias Tavares   22

O segredo da planície
Iana A.   34

O graffiti assombrado & o Palácio de Shabazz
Jim Anotsu   46

Space Kate
Lady Sybylla   58

O pranto do ronin
Roberta Spindler   68

Isa e a Aliança Intergaláctica
Toni Moraes   80

Rebento
Vic Vieira Ramires   94

Explorando mundos paralelos
106

Autorias: quem está por trás de cada conto
116

Fim dos tempos

Alexey Dodsworth

Acordou a si mesma aos gritos, às duas da tarde do último dia do ano de 2047.

Dos astrofísicos, esperam-se sonhos dançantes entre galáxias, vislumbres da ejeção de plasma estelar a criar auroras azul-elétricas na magnetosfera de planetas. Já para a astrônoma Amanda Augeri, os sonhos envolviam quase sempre a imagem tão banal quanto aterradora de uma poltrona reclinável de cor mostarda.

— Droga — praguejou, limpando o suor que escorria de seu rosto.

Ajeitou o corpo no assento traseiro do carro autônomo e acionou a assistente virtual:

— Eco, peça a meu psiquiatra que me chame assim que possível.

Trinta anos atrás, Amanda decidira construir uma poltrona futurista para seu pai. Foram dias na internet em busca de materiais, e mais uns tantos para montar um complexo sofisticado de engrenagens capazes de atender a comandos de voz. Os pais se assombraram quando, diante do comando "reclinar" dito por Amanda, a poltrona magicamente obedeceu. Cantaram parabéns e se abraçaram, enquanto os demais convidados se encantavam com o engenho da adolescente de apenas catorze anos. Ao longo de horas, a palavra mais dita não foi "parabéns", mas sim "reclinar" e "retornar", impondo atividade contínua ao móvel. Quando inclinada, a poltrona tinha uma abertura mínima que permitia injetar lubrificante nas ferragens internas. Era segura, não tivesse Amanda esquecido que Cosmo, seu gatinho de três meses, era dotado da curiosidade típica da espécie e idade. Natural, portanto, que a poltrona fosse um pesadelo repetitivo. Pois foi na centésima vez que alguém disse "reclinar" que um grito terrível, quase infantil, irrompeu do meio das engrenagens, e Amanda então soube que nunca mais seria feliz novamente.

Enxugou os olhos e bebeu água. Faltavam três horas de trajeto até o monastério, e tudo o que Amanda não precisava é de um réveillon atormentado pelo pesadelo que a perseguia há décadas. Teve seus pensamentos interrompidos pela assistente virtual:

— Doutor Zian chamando. Aceitar?

— Sim — respondeu Amanda, e a imagem holográfica de seu psiquiatra se dispôs ao seu lado, tão nítida que parecia sólida. Dava pra ver até os poros no rosto de Zian.

— O pesadelo de novo? — perguntou o médico.

— Pois é — assentiu Amanda. — Aumento a dose do remédio?

Antes de responder, Zian olhou, surpreso, o entorno.

Fim dos tempos   11

— Você está em um carro? Não creio!

— Vou visitar tia Valéria — disse ela.

— A freira? Ótimo! Sair de casa é saudável.

— Como se eu tivesse escolha. Ela é antiquada, Zian.

— As pessoas precisam dar um tempo do metaverso, sair mais.

— Tá. E meu remédio? — pediu Amanda, revirando os olhos.

Zian suspirou.

— Ok, mas é temporário. Você precisa mudar hábitos. Ano novo, vida nova — disse ele, dissolvendo-se no ar.

— Vida novíssima — ironizou ela.

Queria dormir direito, não ouvir um sermão. Na falta do remédio, pediu a Eco que tocasse qualquer música que a mantivesse desperta. O tempo passou mais rápido do que o esperado, até que o monastério se revelou em seu esplendor no alto da colina. O carro autônomo estacionou, e inspirar ar do campo foi a primeira coisa que ela fez ao sair. Viajar, ainda que não admitisse, era um favor a si mesma.

Valéria esperava por Amanda na entrada. Desde que se tornara madre superiora da congregação, a velha freira se dedicava a retiros espirituais. Mal se dispunha a usar um velho celular, o metaverso, então, era impensável.

— Não se preocupe, tia — disse Amanda, antes de abraçá-la. — Tirei as lentes de contato, estou total off-line.

— Ah, graças a Deus — disse Valéria, e riu. — Ver você falar com fantasmas é apavorante!

— É só o metaverso. Físico e virtual como uma coisa só. Você deveria tentar.

— Vamos ao jardim? — desconversou Valéria. — Tem bolo quentinho, saído do forno!

— Você não sente falta do mundo, tia? — perguntou Amanda, enquanto caminhava de braço dado com a freira.

— Te devolvo a pergunta — disse Valéria, com indisfarçada ironia. — Você diz que eu me isolei no monastério. Será que sou eu a isolada? Nas vezes em que nos encontramos no Rio, mal conversamos. Você tinha que dar atenção a hologramas de gente que não estava lá. Você não sente falta do mundo, Amanda? Veja esse bolo quentinho: não é virtual!

Riram, ambas. Havia verdade nas palavras da freira, verdades que Amanda sorveu com gosto, entre goles de café e fatias generosas de bolo. Era preciso admitir: aqueles encontros a faziam esquecer (*a poltrona cor de mostarda*) seu excesso de trabalho.

Duas horas depois, outra freira se aproximou, trazendo uma peça de museu: um celular.

— Dona Amanda, telefone — disse. — É um homem, diz ser urgente.

— Mas será possível? — reclamou Amanda, ao se levantar com impaciência e pegar o celular. Valéria a seguia com o olhar sereno que lhe era característico.

— Amanda? Desculpe incomodar. É Lucas — disse a voz hesitante do outro lado.

Como Amanda nada respondeu, o homem decidiu esclarecer:

— Tavares, do Valongo.

Dentre todas as pessoas, Lucas Tavares era a última que ela esperava que estivesse na linha. Coordenador do curso de astronomia do Observatório do Valongo, vinte anos mais velho, Lucas mantinha com Amanda uma relação algo tensa.

— Ah — disse Amanda, surpresa. — Desculpe, não reconheci a voz.

— Foi difícil te achar. Por que você está off-line?

Após um pouco disfarçado suspiro de impaciência, ela prosseguiu:

— Tô de folga, meu caro. Se for algo sobre as provas...

— Precisamos que você volte amanhã cedo. É sobre o objeto 1-I — disse ele.

— 1-I? O Oumuamua? O que houve?

— Ele... bem... — hesitou Lucas. — É que... ele está freando, Amanda.

Ela deu dois passos para trás.

— Ele *o quê?*

— Mandaremos um helicóptero. O metaverso pode vazar informações, e temos que ser discretos até descobrirmos quais são as... bem, você sabe, as motivações.

"Bizarro", Amanda pensou. "Motivações." Desligou o telefone e olhou para Valéria, que permanecia sentada e calma.

— Tia — disse. — Algo mudaria em sua fé se descobríssemos que há vida inteligente em outros mundos?

— E por que mudaria? — disse Valéria, oferecendo um sorriso honesto. — É como está na Bíblia, filha: "A casa do Pai tem muitas moradas".

Descoberto no dia 19 de outubro de 2017, "Oumuamua" foi o nome dado a um objeto interestelar único, de natureza até então inclassificável. Com quatrocentos metros de comprimento por quarenta de largura e formato de charuto, foi inicialmente considerado um cometa oriundo da Nuvem de Oort, mas logo passou a ser entendido como um asteroide, por não haver manifestado cauda cometária. Não tardou para que até a classificação de "asteroide" fosse contestada, em decorrência de uma esquisitice: o corpo demonstrava ter aceleração não gravitacional. Ele estava sendo *propelido*, como se um foguete fosse. Amanda tinha só catorze anos na época, mas lembrava bem da polêmica, já que a descoberta do Oumuamua era um mistério capaz de fazê-la deixar de lado outro menos agradável: quem havia desenterrado e sumido com o corpo do gatinho Cosmo? Amanda estava convicta de que o filho adolescente do vizinho estava por trás disso, mas há um oceano entre suspeitar e provar, e essa era uma verdade que a perseguiria (*assim como a poltrona mostarda*) por décadas em sua carreira de cientista.

Uma vez que ninguém fora capaz de definir como um asteroide poderia se mover com aceleração não gravitacional, a União Astronômica o reclassificou como 1I/'Oumuamua. "1", por ser o primeiro de seu nome; "I", como abreviação de "interestelar"; por fim, "Oumuamua" é uma expressão havaiana que significa "mensageiro distante que chega primeiro". Alguns poucos, como Avi Loeb, astrofísico de Harvard, propuseram explicações inusitadas para a natureza da coisa: seria uma sonda alienígena? Isso explicaria a aceleração exótica. Em 2021, cientistas sugeriram que o objeto liberava hidrogênio puro, o que explicaria a propulsão, mas não souberam justificar como o gás não se esgotava. Oumuamua havia singrado a galáxia, saindo de algum sistema estelar há anos-luz de distância. Fontes naturais de hidrogênio se esgotariam, ainda mais em se tratando de um corpo pequeno. "Eles acreditam em hidrogênio infinito, e eu não posso considerar aliens", criticava Loeb.

No mesmo ano, no Rio, com apenas dezoito anos, Amanda havia concluído o curso de astrofísica. Sua pesquisa contestava a hipótese de Lucas Tavares, para quem Oumuamua teria se originado do sistema estelar Vega. A adolescente demonstrara, a partir de cálculos consistentes, ser fisicamente inviável que a origem do objeto fosse essa. Lucas se sentira humilhado, ainda que não houvesse por parte de Amanda a mais vaga intenção competitiva. O despeito de Lucas só piorou com o passar dos anos, depois que Amanda ganhou a medalha Carl Sagan ao usar o telescópio James Webb em 2025 e identificar clorofila em um exoplaneta. Clorofila é um sinal inconteste da presença de plantas, e assim Amanda Augeri se tornou mundialmente famosa por ser a primeira cientista a identificar vida alienígena. Mas uma coisa aproximava Lucas de Amanda: ambos jamais engoliram a ideia de que Oumuamua fosse natural. Lucas podia ser ciumento, mas burro não era, e nunca dispensaria a ajuda de uma das mais inteligentes astrofísicas vivas.

Quando o helicóptero pousou em Valongo, Lucas já estava à espera de Amanda, que gritou, tentando superar o barulho das hélices:

— Alguém mais sabe que o Oumuamua desacelerou?

— Além da NASA? Índia e China também, claro. A Agência Europeia não se manifestou, e desconfiamos que a Rússia sabe, mas nada diz — respondeu Lucas.

— 2048 promete. Feliz ano novo, a propósito — disse Amanda.

— Só os chineses levaram a sério. A alteração de velocidade foi sutil.

— Sutil quanto?

— De 26,33 km/s para 23,83 km/s.

— Isso não é muito — ponderou ela. — A hipótese de que Oumuamua seja propelido por hidrogênio pode estar certa. Talvez o gás esteja acabando.

— Você não acredita nisso — disse ele, rindo. — Além disso, ele desacelerou perto de um cometa. Conveniente, né?

— Você acha que ele parou pra abastecer? — perguntou Amanda, olhos arregalados.

— Acho. Mesmo que seja guiado, Oumuamua não tem combustível infinito. Ele pode viajar pelo vácuo espacial por inércia, mas precisa de combustível pra manobrar. E cometas são, como você sabe, ótimas fontes de hidrogênio.

— Mesmo assim, Lucas, temos que ser céticos por princípio.

— Sim, mas ser cético não significa negar evidências.

Sentaram-se um diante do outro e serviram-se de doses generosas de café.

— Qual sua aposta? — perguntou Amanda.

— O charuto vai frear e parar. Vai sugar o cometa e seguirá viagem.

— Ah, essa eu pago pra ver! — Amanda sorriu.

Lucas também sorriu. Ela era uma jovenzinha petulante, mas seria bom trabalhar ao lado dela. Ano novo, vida nova.

Ao longo de 2048, as suspeitas de Lucas se revelaram certeiras. De acordo com a sonda Lyra, enviada para espionar Oumuamua, um cometa vizinho ao objeto passou a ser desintegrado bem rápido. Quem quer que estivesse fazendo aquilo não fazia questão de ser discreto, de modo que todas as agências espaciais identificaram o processo. A maioria dos cientistas, contudo, se manteve atada às possibilidades naturais, considerando que o cometa poderia estar passando por um processo ainda desconhecido de sublimação espontânea. O problema foi quando Oumuamua parou. Isso era incompatível com as leis de conservação do movimento, física básica.

Um corpo, qualquer que seja, uma vez posto em movimento no vácuo, não cessará até ser impedido por outra força. Mas era fato: o objeto havia estacionado. Neste momento, os habitantes da Terra prenderam a respiração, entre exultantes e apreensivos diante do que parecia ser uma prova de tecnologia extraterrestre.

— A casa do Pai tem muitas moradas — comentou Valéria pelo primitivo celular que usava para ligar pra sobrinha.

— Religiosos são mais otimistas que astrofísicos. — Amanda riu. — Mas por que os aliens nos ignoram?

— Talvez não ignorem. Talvez estejam tentando entender nosso mundo — filosofou a freira. — Talvez Oumuamua seja um monastério de outro planeta.

Os cientistas já tinham enviado todo tipo de mensagem através da sonda Lyra: desde imagens de ambientes da Terra até números primos, música clássica e sequenciamento do nosso DNA. A sonda só obteve silêncio como resposta, até que, em dezembro de 2048, Oumuamua voltou a se mover. Em minutos, alcançou a velocidade de 110 km/s e manobrou na direção de Júpiter. Os governos da Terra prenderam a respiração. O silêncio era o pior de tudo.

— O problema de tentar contato com extraterrestres é que, se eles ouvirem, podem não ser benignos — disse Lucas, vendo nas estrelas um espelho da natureza humana.

No dia 31 de dezembro de 2048, Amanda resolveu correr bem cedo na ergométrica. O cenário, uma trilha italiana que se desdobrava no metaverso ao seu redor, sobrepondo-se às imagens físicas da sala. Enquanto corria, via as simulações virtuais de pessoas no entorno. Aproveitava para repassar a agenda: réveillon com tia Valéria, que — coisa rara — decidiu retribuir a visita; 2 de janeiro, reunião com militares e cientistas. Pauta: seriam os aliens amigáveis? Distraída, quase caiu da esteira quando um velhinho cenográfico aleatório se virou para ela e disse:

— Oi, Amanda.

"Ah, que diabos", pensou ela. "Fui hackeada!" Nos últimos meses, já haviam tentado invadir seus sistemas mais de uma vez, em busca de informações sigilosas sobre Oumuamua. Farta, desligou a esteira e enviou uma breve mensagem criptografada para Lucas:

"Sistema invadido. Rastreie origem."

Desta vez, eles haveriam de levar o invasor à polícia.

O velho sorriu, se aproximou e disse:

— Pedimos desculpas pela demora. Queríamos falar com vocês o mais rápido possível, mas o nosso rápido ainda assim significa bastante tempo em seus padrões.

Antes que Amanda pudesse dizer qualquer coisa, o velho se sentou em uma poltrona virtual instantânea (*cor de mostarda*), enquanto o ambiente ao redor se convertia em cenas do espaço cósmico. Quem quer que fosse o hacker, sabia o que fazia.

— Ficamos encantados — disse ele. — Não esperávamos encontrar uma espécie complexa, inteligente e comunicante.

Amanda riu. Era um trote. Seus alunos, talvez? Resolveu entrar na onda:

— E a que devo a honra deste contato imediato?

— Temos muito a conversar, mas também um problema a superar. Há uma discrepância biológica entre nossas espécies: a forma como nós e vocês lidamos com o tempo. Em algumas horas do nosso tempo, assimilamos sua cultura e sua linguagem. Tenho prazer em dizer que nos esforçamos. Mas isso representou décadas terrestres.

— Muito divertido — interrompeu Amanda. — Mas hackear o metaverso é ilegal.

O velho olhou para o lado e acenou. Amanda olhou na mesma direção, e o que viu fez com que seu sentimento ricocheteasse da curiosidade ao ódio. A partir da porta da sala, um gatinho preto idêntico a Cosmo correu e se aninhou aos pés do velho.

— Dentre as mentes em seu planeta, a sua nos chamou a atenção — disse ele, sorrindo. — Você, Amanda, sabe que a inteligência superior não confere direitos especiais à sua espécie, mas sim deveres para com os outros seres com os quais compartilham o mundo. Nos planetas em que a inteligência é considerada um fim em si, a arrogância a tudo destrói.

O gatinho olhou para Amanda, miou e deu uma espreguiçada. Furiosa, ela se pôs de pé e gritou, lágrimas correndo por sua face:

— Saia daqui!

— Chamada urgente de Lucas Tavares — interrompeu a assistente virtual. — Aceitar?

Após a concordância de Amanda, a imagem holográfica de Lucas — olhos arregalados, transmissão com estática — surgiu.

— Europa — disse ele. — Vem de Europa!

— De qual país? — perguntou ela, disfarçando o choro.

— Não do continente, Amanda! — respondeu Lucas. — Vem de Europa, lua de Júpiter!

O velho olhou na direção da imagem de Lucas e, com um gesto, cancelou a conexão do astrônomo. Assustada, Amanda ordenou:

— Eco! Desconectar tudo!

Atendida, se viu de volta à sala. Nada ao seu redor era do metaverso, exceto por duas coisas que não deveriam estar ali:

O velho. O gato.

— Não terminamos — disse ele, acariciando o animal. — Quando voltarmos a nos reunir, você será muitos anos terrestres mais velha, embora para nós isso represente só algumas horas. É importante que você reúna uma equipe científica e siga à risca as informações que daremos.

— Desgraçado! Fora do meu sistema! — esbravejou Amanda, arrancando a assistente virtual da tomada.

— Organizamos, de forma inteligível para sua espécie, instruções para o aprimoramento biológico e a reversão da morte — disse o velho.

Amanda mal prestava atenção. Desligou a força da casa, mas a transmissão persistiu.

— Quando a morte deixar de existir, Amanda, vocês terão trocado um problema por outros. Precisarão lidar com questões de espaço e povoamento. O sistema estelar de vocês tem vários nichos que permitem a colonização humana. Ensinaremos engenharia planetária que permitirá terraformar desde Marte até algumas luas de Júpiter e de Saturno.

O gatinho bocejou.

— Quem é você, maldito? — explodiu Amanda.

Do andar inferior do apartamento, veio o som da porta que abria e se fechava. Era Valéria, que tinha acabado de chegar e gritou, entusiasmada:

— Ano novo, vida nova!

— Lemos os livros sagrados de seu mundo — prosseguiu o velho. — É uma constante que encontramos nos planetas inteligentes pelos quais passamos: o mito do paraíso. Todos intuem que chegará o dia em que a morte será vencida. Nos parece que seu povo está pronto.

Valéria subiu as escadas sem pressa. Estancou na entrada da sala, olhou para Amanda, então olhou na direção do ido-

Fim dos tempos   21

so, como se o visse, o que era impossível. Valéria não usava lentes de contato especiais, por isso não tinha como ver o metaverso. Mas não era para o velho que Valéria olhava, pois, na verdade, ela não o via. Valéria olhava, isso sim, para o gato.

— Você adotou um gatinho preto? — perguntou a freira.

Amanda, olhos arregalados, tapou a própria boca com uma mão enquanto o velho sorria para ela. Dissolvendo-se em uma nuvem eletrônica que levava embora consigo a maldita poltrona mostarda, ele citou o Apocalipse:

— Deus enxugará de seus olhos toda lágrima. E não haverá mais morte, nem pranto, nem clamor, nem dor. Eis que fazemos novas todas as coisas, começando por aquelas que são pequenas, inocentes e frágeis. Ano novo, vida nova. Obrigado, Amanda. Você nos ensinou que a humanidade é boa, apesar de confusa.

— Espere — pediu ela. — Quem são vocês?

O gatinho se levantou, lânguido. Caminhou na direção de Amanda e pulou em seu colo trêmulo. Nada de virtual havia naquele corpo sólido, nada de metaverso em seu pelo negro. Amanda abraçou Cosmo, inspirando seu cheiro vivo. Haveria de, enfim, dormir noites inteiras sem sonhos maus. Livre para sonhar com galáxias, com a ejeção de plasma de estrelas empolgadas, sonhar com vento solar a criar auroras azul-elétricas no choque com a magnetosfera de planetas.

— Com quem você está falando, querida? — perguntou Valéria.

— Acho que com o mensageiro distante que chega primeiro — sussurrou Amanda.

Cosmo ronronou e correspondeu ao carinho oferecido. Era um bom mundo, afinal. Era bom estar vivo e se alongar.

Mal sabia ele que seu corpo de gato ressurreto guardava em si o fim dos tempos: o fim da morte e da dor.

Amanda haveria de sonhar com galáxias. Gatos, por sua vez, dentre todas as coisas cósmicas, sonham apenas com o Sol, com o calor agradável que entra pela janela. E, ao calor, Cosmo se entregou, espraiando-se ansioso pelo universo inteiro que se refletia em sua humana.

Refletido, contido e revelado pelo olhar de Amanda.

O Parthenon Místico contra o lobisomem da Perdição

Uma aventura de Brasiliana Steampunk

Enéias Tavares

Porto Alegre dos Amantes, Lua Cheia, 4 de outubro de 1897.

Acima dos arranha-céus de cinco e seis andares, velozes zepelins cortavam nuvens de chuva e fuligem. Esse encontro contumaz entre a tempestade e a poluição das fábricas parecia antever um embate selvagem e profano.

Ao menos, era isso que pensava o médico e artista Antoine Louison, no início daquela madrugada.

Há seis noites, um monstro fazia vítimas em vários bairros da capital sulista. O enigma jazia irresoluto, com as forças policiais tão amedrontadas quanto os habitantes da capital úmida e selvagem. A morte de três oficiais na caçada da noite anterior não ajudou a tranquilizar a população, que convivia agora com escandalosas manchetes como: "Porto Alegre dos Monstros" e "Ameaça Lupina?".

Assim, portas trancadas e pregadas, janelas soldadas e tropas em alerta denunciavam um medo geral que se recusava a dormir.

Diante da ameaça, a sociedade anárquica conhecida na capital sulista como Parthenon Místico resolveu agir, reunindo conhecimentos arcanos e ciência tecnológica para findar o monstro, fosse ele uma atrocidade mutante ou então um ente sobrenatural. O mistério persistia, mesmo entre os heróis daquela coligação de aventureiros rebeldes.

O cientista astrônomo doutor Benignus pensava que a besta não passava de um homem cujas moléculas humanas foram alteradas por drogas e experimentos da Ordem Positivista gaúcha. Desde que sua sucursal fora desbaratada, um ano antes, os experimentos desumanos de seus laboratórios eram dia após dia revelados.

Por outro lado, para a médium indígena Vitória Acauã, a fera correspondia a uma maldição milenar e natural, advinda das vozes dos deuses ínferos da mitologia tupi que ela conhecia bem: "o homem lobo", dizia ela, "o monstro lupino que só aparece em luas cheias".

— Você sabe que tem o mesmo nome que ele, não? — perguntou Vitória a Louison, no início daquela noite, ainda no hall da Mansão dos Encantos, sede do Parthenon Místico.

— Como assim? — perguntou Sergio Pompeu, um explorador místico, afivelando o cinto e dobrando a rede de captura que lhe fora presenteada por Bento Alves, seu amigo e companheiro. Bento era um grandalhão que um dia ganhara a vida como caçador de recompensas e que agora, ao lado de Sergio, explorava o Brasil em busca de artefatos antigos, novos inventos e aventuras insólitas.

— Os tupis-guaranis falam de sete divindades, estando entre elas o Deus das Cavernas, Teju Jaqua, e o Deus dos Bosques, Kurupi. A sétima divindade é o Deus Lobo, o senhor da Morte. Seu nome era *Louison* — explicou Vitória.

— E eu que achava que o nome do meu parceiro era francês — disse, sorrindo, Beatriz de Almeida e Souza, uma escritora preta e feminista que um dia assinara seus contos com a persona masculina de Dante D'Augustine.

Louison sorriu para ela e findou o assunto, dizendo que precisavam partir sem demora.

Os heróis singraram as águas do Guaíba, em direção a Porto Alegre dos Amantes, em uma balsa vaporenta cuja caldeira em chamas resultava numa fumaça espessa que subia pelas nuvens da capital.

Embora aquela noite prometesse a perseguição a um enigma que poderia ser sobrenatural, era a tecnologia que os salvaria. O plano era relativamente simples, se é que essa palavra poderia ser usada quando a noite prometia tantos perigos.

Depois de perseguirem o monstro com sua carruagem mecanizada e dois pares de motocletas envenenadas, sua intenção seria levar a criatura ao Bosque da Perdição. Lá, os aventureiros tecnomísticos limitariam o perímetro a fim de impedir que o monstro escapasse. Fariam isso mesclando os poderes mediúnicos de Vitória Acauã, os espíritos exploratórios de Sergio e Bento e duas importantes invenções científicas do Doutor Benignus.

Essa agremiação de heróis seria então liderada por Beatriz, contando com a ação de Antoine Louison, que não coin-

26   Mundos paralelos: Ficção científica

cidentemente conhecia a Perdição como ninguém, pois tinha sua morada civil nas redondezas.

Esse, claro, seria o plano.

Mas como em outras searas da vida, planos raramente são executados à perfeição. E naquela noite, o grupo de rebelados heróis aprenderia duramente isso.

Ao chegarem às margens da capital, a barcaça que pilotavam começou a estourar estranhas engrenagens até avançar porto acima, esvaziando suas boias de navegação e, agora, revelando potentes rodas de ferro, madeira e borracha.

A Barcarruagem — nomenclatura dada pelo grupo à engenhoca de Benignus — novamente fazia a sua entrada na cidade, despertando olhares, conversas e desmaios.

No porto, Beatriz assumiu logo a liderança da missão.

— Nosso primeiro desafio será encontrar a criatura — falou ela.

— Doutor, faça-nos as honras.

— Este é o localizador tecnoplasmático de corrente indutiva que usa energias físico-neurais como bússola de ação psicogeográfica... uma tecnologia simples, como podem ver.

— Sim, estamos vendo... — gracejou Sergio, ajustando a rede em seu cinto e dois bumerangues de impacto, enquanto Bento checava os motores das motocletas.

O velho doutor segurava seu maquinário espalhafatoso como se fosse um pequeno infante recém-nascido. Dele, saltavam estranhas cores e luzes.

— Prontos para a ação? — perguntou, animado, enquanto faíscas denunciavam um mau funcionamento em algum dispositivo da aparelhagem.

— Prontidão é tudo, doutor — replicou Louison, averiguando em seu cinto as enigmáticas bolotas de chumbo que passara a noite produzindo. Em sua testa, aguardavam dois visores infravermelhos que permitiriam caçar o monstro escuridão adentro.

Benignus, Louison e Beatriz ficaram na Barcarruagem e deram a partida.

Quanto aos demais integrantes do Parthenon — Vitória, Sergio e Bento —, tiraram três motocletas que estavam na carroceria do carro maior e pularam em suas garupas. As motocletas não passavam de bicicletas simples adaptadas a motores movidos a vapor, com uma caldeira portátil acoplada embaixo do banco.

O resultado de tal invento não patenteado era que, em terrenos planos, seus passageiros poderiam alcançar até incríveis quarenta quilômetros por hora!

E foi assim que os heróis avançaram, com a carruagem à frente, tendo Louison como motorista, Beatriz como líder de ação e comunicação — todos eles usavam comunicadores de ondas tesla — e Benignus entre os dois, abraçado a seu invento tecnoplasmático.

Atrás deles, as motocletas seguiam numa pequena passeata aventureira e vaporenta, assustando a população de Porto Alegre, tanto quanto o monstro à solta.

— Há uma grande concentração de energia feral próxima ao Theatrum São Pedro, na praça da Velha Alfândega — disse o cientista.

— Tem certeza? — perguntou Louison, com os olhos colados na estrada.

— Sim! É como se houvesse uma multidão reunida, mas trata-se apenas... de um... ser... de grande força, fúria e potência!

Louison ajustou o monóculo de direção, com suas lentes múltiplas revelando várias informações sobre os caminhos, ruas e becos da capital.

Em minutos, com a cidade escondida em suas casas, chegaram à praça e perceberam que a situação era mais terrível do que imaginavam!

Contra uma esfera lunar amarelada, um monstro imenso revestido de pelos desalinhados e molhados urrava e destruía a estatuaria histórica. Na bocarra lupina, dentes afiados e proeminentes davam ao todo de sua figura um aspecto assustador e terrífico. Por fim, a saliva que pingava dela no peito e nos braços fortes completava a apocalíptica cena.

— Parthenon, iniciar ação tática — ordenou Beatriz, com sua voz zunindo nos ouvidos de todos através dos comunicadores.

— Lembrem-se: nada de confronto em território aberto e desprotegido. O objetivo é assustar a criatura e então levá-la até os limites da Perdição.

No parque recém-inaugurado, a besta acuada não teria para onde escapar.

O bosque fora construído num antigo terreno cuja terra estava manchada de óleo e suor. Foi nele que as forças da capital prepararam-se para uma das mais violentas batalhas da revolução farroupilha, uma das primeiras a usar robóticos bélicos para ações táticas.

Beatriz amava e detestava o lugar. O fato do sobrado de Louison ficar ali perto fazia com que ambos conhecessem muito bem seu território, embora a proximidade do quartel federal produzisse na escritora sentimentos de revolta, quando ela mesma fora levada até ali para prestar esclarecimento por afrontar a capital com alguns de seus primeiros escritos.

E agora, estavam ali, usando seus talentos para livrar Porto Alegre de mais um perigo. Neste caso, de uma monstruosidade inominada que eles pretendiam vencer e decifrar.

Bento e Sergio foram os primeiros a tentar conter a criatura com duas redes de aprisionamento automático.

O monstro lupino respondeu à altura, destruindo as duas malhas e deixando as estátuas de bronze da praça para trás, a fim de caçar figuras humanas reais.

Quando viu que havia roubado sua atenção, a dupla partiu com suas motocletas.

Vitória, como havia planejado antes com o casal de aventureiros, fora atrás para servir tanto de salvaguarda dos amigos que iam à dianteira quanto de salvaguarda para que o monstro não fugisse.

Todavia, não imaginavam que o monstro pudesse saltar a uma distância tão longa, o que ele fez, pousando sobre Bento, ferindo seu peito com suas garras e destruindo sua motocleta.

Agora, em meio à Avenida João dos Reis, o monstro acuado se via cercado pelas maquinarias que circundam o parque, agindo de acordo com seus instintos mais ferozes.

Sem saber se atacava ou recuava, o monstro uivou contra a lua e então atentou ao matagal fechado da Perdição, justamente o que os heróis do Parthenon pretendiam.

A criatura deu mais um salto e mergulhou na densidade do bosque.

— Doutor, agora! — gritou Vitória, enquanto Sergio deixava a sua locomoção caída na rua para ir ajudar o amigo tombado.

Em segundos, a carruagem chegou e o doutor Benignus acionou o segundo dispositivo que havia desenvolvido justamente para aquela noite.

Quando o fez, múltiplas explosões ao redor da Perdição deram origem a uma cúpula de energia tecnostática, impedindo que qualquer ser saísse ou entrasse no bosque.

Naquela manhã, Bento Alves havia deixado a ilha do Parthenon e instalado bastões de energia magnética ao redor de todo o parque. Eles responderiam ao maquinário de Benignus, produzindo um campo de força energética que afugentaria convidados desavisados e conteria a fera, tão logo ela se visse dentro de suas cercanias.

Agora, o Parthenon tinha vencido sua primeira meta e o monstro estava confinado.

Mas será que eles conseguiriam vencê-lo?

Os heróis deixaram seus meios de transporte e formaram um círculo ao redor de Bento e viram de pronto que ele não teria condições de continuar. Sergio ficaria com ele na carruagem, e os demais heróis dariam continuidade ao desesperado plano.

Agora que o campo magnético estava acionado, iria começar outra batalha.

Benignus acionou um dispositivo no seu controle de força, e um pórtico pequeno, do tamanho de uma pessoa, se abriu. Por ele, passaram Beatriz, Louison e Vitória.

O trio avançou, com Beatriz no meio, mantendo a posição de liderança.

À espreita, na mata, o monstro aguardava, sabendo-se faminto, mas também perseguido.

Os heróis chegaram até o centro do parque, onde um imenso reservatório de água estruturava a geografia daquele jardim selvagem. Um jardim cravado no meio de uma moderna cidade, que unia o retrô dos prédios antigos com o futurismo das novas maquinarias a vapor.

— Não se esqueçam… nada de mortes. Deixem o monstro comigo.

— Perdoe-me, Louison — protestou Beatriz. — Mas não posso prometer isso, não se essa criatura atentar contra a minha vida, de Vitória ou a sua.

— É um pedido pessoal, meu amor — respondeu ele à mulher a quem devia sua própria vida.

Beatriz olhou o parceiro e então questionou-o em silêncio sobre a tensão subscrita na sombra de seus olhos.

— Algo me diz que esta criatura é uma velha conhecida. Algo me diz que, antes de a abatermos, precisamos entender a razão de sua fúria e compreender o que aconteceu com ela.

Os segundos de tensão passavam lentamente, com os três aventureiros vigiando cada um os quatro pontos cardeais do bosque.

Em minutos, a fera fez sua aparição, vinda da mata fechada do pórtico sul.

Com fúria nos olhos e bocarra salivante, o monstro avançou sobre Vitória.

A médium invocou os espíritos dos ventos com palavras antigas. Seu objetivo era, com a ajuda de seus guardiões da natureza, conter a criatura.

O lobisomem atacava com ferocidade, cada vez mais perto da jovem e a poucos centímetros do seu rosto. Vitória, no limite de suas forças, sentia agora o hálito da fera.

— Louison, este é o momento! — ordenou Beatriz, se colocando também diante do lupino e jogando sobre ele outra rede de contenção animal, que apenas atrasou-o por segundos.

O monstro fez a malha em pedaços com suas garras afiadas e ficou ainda mais furioso.

Foi quando Louison, retirando seu monóculo e fitando a fera, jogou aos pés da criatura as esferas de chumbo, que rolaram aos pés do monstro como pequenas bolas de gude.

O monstro olhou para as bolotas sem entender o que eram e depois voltou sua atenção aos três heróis, ainda mais furioso.

Foi quando, uma a uma, as bolotas começaram a derreter e a soltar um estranho gás.

Num átimo, o monstro se dirigiu a elas, e começou a respirar o gás.

Vitória então projetou um campo de força astral para conter a fera e o gás.

O monstro se debatia com ainda mais violência.

Louison olhou com pena para o animal, sentindo piedade por seu sofrimento.

Beatriz surgiu atrás da fera e fitou seus olhos, substituindo agressividade por compaixão.

O lobisomem virou-se para ela, com a bocarra se abrindo a milímetros de seus olhos, até não mais sentir suas pernas e, por fim, tombar, dopado e vencido.

Ou ainda não. Em segundos, a mutação começou, com ossos e pele se contorcendo e se alterando, numa transformação atroz e repugnante.

Na noite anterior, Louison trabalhara por horas no seu laboratório alquímico para encontrar aquela fórmula, a fórmula que alimentaria as esferas metálicas e que anularia outros compósitos químicos que poderiam estar presentes no corpo e serem os responsáveis por aquela terrível mutação.

Se ele estivesse certo, o monstro se revelaria um ser humano.

E ele estava. Em segundos, o monstro deu lugar a uma forma humana.

Esta tinha corpo de mulher, longos e crespos cabelos escuros e um corpo transpassado de ferimentos e cicatrizes.

Beatriz a cobriu com sua capa noturna, não sem antes arrancar uma pulseira médica de seu antebraço e ler em voz alta o que ela informava.

— Maria dos Anjos, Paciente Positivista número 82. Médico Responsável: Frenologista Sigmund Mascher.

Vitória, que um dia fora vítima de atrozes experimentos, respirou fundo e falou:

— Até quando descobriremos outros crimes da Ordem Positivista? Até quando Mascher continuará nos assombrando?

Beatriz a abraçou, aceitando e acolhendo suas lágrimas.

Uma hora mais tarde, a exótica barcaça retrofuturista cortava as ondas do Guaíba em direção a uma ilha enigmática e assombrada, uma ilha na qual novos inventos, portentos e maquinários eram idealizados e projetados.

Na carroceria, Maria dos Anjos dormia ao lado de um ferido Bento Alves.

Com um olhar caridoso e atento, Sergio os atendia, não deixando de plantar no ouvido de Bento sua amizade e seu desejo de que ele ficasse bem.

Vitória também estava sentada perto deles.

Na frente do maquinário aquaterrestre, Benignus dirigia, enquanto Beatriz e Louison fitavam as sombras da noite e do pântano.

— Como eu costumo dizer, sempre há uma explicação lógica. Mais uma vez, o que parecia ser um perigo sobrenatural se revela um absurdo científico — dizia Benignus, sorrindo.

— E nós, unindo magia e ciência, conseguimos vencer o monstro — disse Beatriz.

— Que Maria dos Anjos se recupere e se cure — disse Louison.

— Entre nós, meu caro, ela encontrará sua cura. E talvez, amigos.

As palavras de Beatriz ecoaram nas águas.

Diante deles, a Ilha do Desencanto surgiu e, no centro dela, a Mansão dos Encantos.

O lar do Parthenon Místico estava prestes a dar boas-vindas a uma nova hóspede.

Acima deles, a Lua Cheia brilhava e exultava, sobre a angulosa e selvagem silhueta de árvores, prédios e torres industriais que formava a cidade de Porto Alegre dos Amantes.

Nesta noite, seus habitantes descansariam seus alarmes e medos e dormiriam em paz.

O segredo da planície

Iana A.

Nínive já estava habituada a cruzar a cerca do Perímetro Verde sob a luz purpúrea do nascer do sol. Um pequeno toque ali, um puxão aqui, e uma abertura larga o suficiente para uma adolescente mirrada de dezesseis anos se abria. A cerca elétrica de alta voltagem estava sempre desligada. Não havia painéis solares suficientes para mantê-la, e a energia de fusão nuclear não chegava até ali. Energia era algo precioso, e uma colônia de férias não apresentava riscos para que as cercas recebessem manutenção.

Ela tinha poucas horas livres antes de ser convocada para trabalhar nas plantações. Marajoara estaria esperando, impaciente, e com seu sotaque forte de estação planetária ralharia com ela pelo atraso. Mas se não fosse pela amiga, Nínive talvez já tivesse sido despachada para um lugar ainda pior... Devia muito a Marajoara e pretendia retribuir aquela bondade. Tinha grandes planos para o segredo enterrado na planície além do sítio. Se tudo desse certo, daria a Marajoara o melhor presente possível: acesso a uma tela conectada.

Caminhando, Nínive deixava a grama de um verde esmaecido para trás e encarava uma savana de pretume, onde a vegetação nativa brotava. Os monitores afirmavam que aquelas plantas pretas estavam mortas, mas quando Marajoara perguntou como algo morto seguia crescendo, ninguém respondeu.

Nínive seguiu o caminho que seus próprios pés já haviam aberto no meio da vegetação, até a única elevação visível. O morrinho era recoberto pelas plantas negras da planície; uma subida tão suave que mal se sentia.

No topo, sentou-se e respirou fundo. Colocou as mãos sobre a terra: conseguia sentir algo vibrando, zumbindo, abaixo de si. O som e o ritmo a lembravam da nave que a trouxera até aquela colônia de férias junto com Marajoara e tantos outros. Havia sido a única vez em que viajara numa espaçonave de verdade. Se fechasse os olhos, conseguia fingir que estava na nave, indo para longe dali, para nunca mais olhar para trás e encarar as ordens gritadas em um portolang que ela passara a odiar.

Portolang era a língua dos portos espaciais. Meia dúzia de palavras jogadas em frases incompletas eram o suficiente para todos se entenderem, fazerem negócios e viajarem. Não que Nínive fizesse qualquer uma dessas coisas — sua única "viagem" a levara até aquela colônia de férias. Ali ela só fazia trabalhar nos campos de comidas frescas que nunca chegavam à sua estação natal, Novaterra, uma das mais antigas da galáxia. Já Marajoara, que crescera em alguma colônia planetária moderna com fonte de água potável, era bastante familiarizada com as plantas que elas cultivavam, além de ser falante fluente de pelo menos três idiomas galácticos — ou pelo menos foi o que Nínive entendeu. Entre os adolescentes, se conversava em uma mistura de portolang com as línguas natais, cada um ensinando para o outro palavras de seus idiomas, e os mais velhos trazendo outras palavras que já eram de uso comum entre eles. Os monitores da colônia mal entendiam essas conversas.

Nínive afastou terra e folhas pretas, revelando uma superfície lisa, levemente arranhada, convexa e transparente. Através do polímero, ela via assentos, fiação solta, telas apagadas e instrumentos de navegação engolidos pela escuridão da terra. No centro de tudo, uma suave luzinha azul pulsava em um painel.

Ela gostava de pensar que aquela luzinha era o coração da nave espacial enterrada na planície, que poderia ligá-la com apenas um toque dos dedos e voar para longe, fugindo daquela lua no meio de lugar nenhum.

De repente, uma mão pesada apertou seu ombro. *Fui descoberta*. Ela sentiu o coração disparar e suas pernas tremerem. A mão continuava firme e, com um gemido, Nínive esperou o grito do guarda.

— Nive, o que *tais* fazendo aqui? — A voz era suave, e ela sentiu a pessoa se ajoelhando ao seu lado. — Calma, sou eu. Olha pra mim.

Ela levantou a cabeça e, sob a luz difusa da manhã violeta, Nínive vislumbrou o rosto acobreado de nariz largo e olhos amendoados de Marajoara. Tinham a mesma idade, mas Marajoara era mais alta do que Nínive e umas três vezes mais forte. O corpo mal nutrido e pálido de Nínive até hoje lutava com a gravidade e oxigênio abundantes na colônia de férias.

Ela suspirou, aliviada.

—Achei que fosse um vigia...

— Perdão, eu não queria te espaventar. — O sotaque de Marajoara falando portolang era forte e específico das crianças de colônias ricas. — O que *tais* fazendo? Não é a *primer* vez que te vejo saindo antes do sino... *Tais* bem?

— Vou mandar uma mensagem pra minha estação — respondeu Nínive, sem hesitar. — Eu vou contar a verdade sobre a colônia de férias, que não é como eles contam nos postos de recrutamento da galáxia.

Marajoara ergueu uma sobrancelha.

— Seria *maravilindo*, mas... como? Não temos acesso a nenhum comunicador. Estamos *peresas* aqui.

Nínive levantou-se e olhou para o chão.

— *Mirame* — disse, usando uma das palavras que Marajoara lhe ensinara.

Hesitante, Marajoara olhou. E arquejou, tão incrédula quanto Nínive da primeira vez em que encontrara a nave enterrada.

— Mas o que é...?

— É uma nave, Mara. Antiga. Olha ali, tem a configuração daquelas naves terranas, nos tempos do êxodo humano do Primeiro Planeta, que a gente vê nos filmes históricos. Painéis brancos, capacetes grandões como aquários...

— Mas a nossa é a *primer* colônia de férias nessa lua...

— E quem foi que disse isso pra gente?

Marajoara não respondeu, pois as duas já sabiam a resposta. Os administradores daquela lua recebiam a leva de trabalhadores na estação exolunar e faziam questão de dizer como eles eram pioneiros em trabalhar na lua recém-ocupada. Falavam que a vegetação nativa estava morta, mas aparentemente aquela não era a única mentira que contavam.

— Como a gente vai mandar uma mensagem? Não vamos conseguir *quebarar* o exterior de uma nave...

— Vem. — Nínive desceu o outro lado do morrinho. Elas caminharam por dez minutos, até um charco frio. Microcriaturas bioluminescentes dançavam dentro dele, transformando--o em um pedacinho de céu estrelado no chão da lua. Nínive apontou para o outro lado. — A entrada.

— Quanto tempo você passou arrodeando esse lugar? — perguntou Marajoara.

— Muito tempo...

— Nive, talvez aquela sala de comando seja só um fragmento da nave. Talvez só existam pedaços, e não seja funcional...

Nínive fingiu que não entendeu.

— Tem uma passagem. Vem. — Marajoara a seguia, silenciosa. Talvez não acreditasse nela. Nínive tentou explicar em seu melhor portolang, porque às vezes Marajoara não entendia frases mais complexas que ela falava: — A luz tava piscando. A nave só tá enterrada, não dá pra ver o fim e o começo dela. Entende? — Marajoara aquiesceu. — Me ajuda aqui.

As duas afastaram a vegetação que encobria uma escotilha. Nínive mantinha tudo que encontrava ainda coberto por folhagem, com medo de que algum monitor descobrisse. A escotilha tinha uma alavanca e um visor, que indicava alguma ativação eletrônica. O painel retangular brilhava com números e códigos.

— Por todo o oxigênio do universo... — sussurrou Marajoara, chocada. — Tá ligada!

O sorriso de Nínive subia até quase seus olhos, tamanha a felicidade.

— Eu sei. *Mirame*. — Ergueu a mão aberta e tocou no painel luminoso. — Oi, bom dia, como você está hoje? — recitou, em seu próprio idioma, o terranês. Ao remover a mão, dois pontos com uma linha curva ao lado deles apareceram.

:)

Parecia um sorriso. Aquilo sempre aparecia quando Nínive colocava a mão sobre o painel e fala terranês, e ela via o espanto da amiga. Com um silvo, a escotilha deslizou para o lado, revelando uma escada de metal que sumia escuridão abaixo.

— Como você fez isso? — perguntou Marajoara.

— Eu não sei, mas eu falo coisas em terranês e ela... reage.

— Você já desceu?

— Não...

Nínive sentiu a mão de Marajoara apertar a sua.

— Vamos juntas.

Primeiro desceu Marajoara, sacando sua lanterna de trabalho do bolso do macacão. Nínive viu Marajoara piscar sua lanterna para cima ao atingir o chão. Três piscadas, era seguro.

Desceu a escada até tocar o chão. Firmando os pés, sentiu o mesmo que sentia ao sentar sobre a cúpula da sala de comando: a suave vibração da nave, como um ronronar de uma criatura adormecida.

Acendeu sua própria lanterna e iluminou ao redor.

— A luz de emergência tá ligada... — murmurou, chocada, observando as linhas de luz azulada que seguiam toda a extensão do corredor, permitindo-lhes ter uma noção do espaço onde estavam.

— Acenderam assim que toquei o chão — observou Marajoara. — Há quanto tempo você acha que essa nave tá aqui?

— Não tenho ideia, Mara... mas a configuração daquela sala de comando é muito antiga. Coisa de primeiras civilizações espaciais, que fundaram as estações mais antigas.

— Como a sua — observou Marajoara.

— É... como a minha.

— Você realmente acha que tem alguma tela funcionando aqui?

Nínive apontou a luz de sua lanterna para uma das suaves luzes acesas.

— Só tem um jeito de descobrir.

— Você sabe para onde a gente tá indo?

Nínive acenou com a cabeça, apesar da resposta hesitante.

— Acho que é só seguir... por aqui, na direção de onde viemos.

— Você sempre foi boa em encontrar o caminho de volta quando precisávamos pastorear as cabras.

Nínive queria dizer que aquilo era diferente. Sob o céu lilás, com as estrelas e o sol distante e fraco, era fácil se orientar. Soterrada em uma nave... ela não tinha tanta confiança em seus dotes navegacionais.

Foi quando deram os primeiros passos que mais luzes azuladas se acenderam.

— O sensor de movimento ainda tá funcionando! — Nínive estava chocada.

— Vamos!

Elas correram, as luzes se acendendo no caminho na mesma velocidade em que disparavam pelo corredor. A passagem estava livre, sem escombros que sugerissem algum tipo de avaria física à nave. Em intervalos regulares, elas viam portas metálicas fechadas pontuando o longo corredor.

Foi quando chegaram a uma bifurcação que o sensor de movimento da nave fez algo inesperado: ao escolherem o corredor da direita, foram as luzes do corredor da esquerda que se acenderam.

Aquilo fez as duas congelarem onde estavam e olharem por sobre o ombro para o lado esquerdo.

— Será que o sensor aqui tá quebrado? — arriscou Marajoara.

— Na bifurcação? — Parecia conveniente demais para Nínive. — Er... Acho que devíamos ir pela esquerda.

Cautelosas, deram meia-volta e seguiram as luzes azuladas que iluminavam o caminho da esquerda. Agora, hesitavam em chamar aquilo de "sensor de movimento". *Tá mais pra "indicador de direção"*, pensou Nínive.

Caminharam por longos minutos e tudo parecia na mais perfeita ordem. As luzes de emergência e o zumbido da nave davam uma sensação assustadoramente viva ao lugar que deveria ser, na melhor das hipóteses, inoperante como um asteroide deserto.

Passaram por mais uma bifurcação, onde não precisaram escolher o caminho: antes que dessem um passo à frente, as luzes de emergência do lado direito se acenderam. Seguiram por ali, silenciosas.

Nínive não se deixava abater. Era sua chance de encontrar uma tela funcional, um comunicador ativo; de enviar uma mensagem contando tudo sobre a colônia de férias. Era sua esperança.

Não demorou muito mais até chegarem a um corredor que terminava em uma única porta de metal, fechada, com o mesmo painel retangular emitindo sinais em luz azul. Nínive sabia o que fazer: colocou a palma da mão sobre o painel e disse:

— Oi, cheguei.

:)

Com o som de um pistão hidráulico se movendo, a porta se abriu. Chegaram ao destino: a sala de comando da espaçonave misteriosa, soterrada na lua mais distante da galáxia central.

A suave luz azulada também se acendeu no ambiente, se juntando às luzes do buraco que elas deixaram na folhagem sobre a cúpula transparente e do pequeno ponto cintilante no centro do painel de controle.

Elas olharam ao redor: telas e mais telas acopladas aos consoles que circundavam o enorme espaço, fiação exposta e nenhum sinal de uma única partícula de poeira. Absolutamente selada, sabia-se lá há quanto tempo.

Com cautela, Marajoara passou uma mão sobre o console mais próximo: impecavelmente limpo.

— O que você acha que isso significa?

— Automanutenção. — A resposta veio rápida a Nínive, como um estalar de dedos. — Eu já li sobre isso quando estudava história da engenharia espacial.

Marajoara riu.

— Você queria ser mecânica. Claro...

— Não — Nínive circundou o console central, onde a luzinha azul ainda cintilava —, eu queria ser piloto.

— Eu queria ser lutadora... Acho que de algum jeito ainda sou, nessa colônia de férias...

— Sabia que a palavra "férias" já significou "dia de festa" e "descanso" em terranês antigo?

Marajoara gargalhou.

— Até parece...

— Já foi assim... "Férias" podia ser um lugar aonde se ia para descansar.

— E hoje é um campo de *tarabalho*.

— É... acho que as palavras mudam tanto quanto as coisas.

Com um toque dos dedos, Nínive apertou o botão vermelho logo abaixo da luz azulada. Por um instante, ela se deixou sonhar. Imaginou que a nave simplesmente alçaria voo com ela e Marajoara a bordo, livrando-as para sempre daquela lua no fim dos mundos e da sua colônia de férias, suas quotas de trabalho, seus castigos, sua ração sem gosto, enquanto produziam grãos frescos para clonagem e distribuição pelos quadrantes da região. Ela poderia fugir e ser piloto e voltar para casa.

Mas a nave não alçou voo. A luz azulada cintilou uma última vez e se apagou. Todas as luzes se apagaram. Nínive se apavorou.

As duas amigas se viram mergulhadas em penumbra. Não ousavam falar em voz alta e gesticularam entre si sinais da língua sem som. Era mais difícil entender Marajoara assim — os sinais que Nínive aprendera em sua estação eram diferentes dos sinais do planeta natal da amiga. Mas assim como o portolang, elas deram um jeito.

— A nave ainda está dançando — disse Marajoara, ou pelo menos foi isso que Nínive entendeu.

— Você tá sentindo isso? — perguntou, indicando o ambiente ao seu redor. Era como se alguém tivesse ligado um exaustor.

Permaneceram assim, silenciosas, imóveis, sentindo a nave acordar lentamente: a ventilação sendo acionada, as engrenagens começando a girar, motores iniciando em apitos agudos, o chiado da eletricidade percorrendo cada centímetro da nave, potencializando o zumbido que Nínive sentira. *É como acordar um animal de dentro dele*, pensou, segurando o braço de Marajoara com firmeza.

Por fim, luzes quentes, que simulavam as luzes diurnas como na estação de Nínive, se acenderam na sala de comando. O painel central se iluminou, e uma série de caracteres — números, letras, símbolos desconhecidos a Nínive — surgiram na tela.

— Não acredito — Marajoara finalmente conseguiu falar em voz alta, atordoada. Ao longo das laterais da sala, as telas se acendiam. — Nive!

Ela se virou para a amiga, os olhos amendoados cheios de lágrimas.

— Vamos verificar o sinal — respondeu Nínive, tentando segurar o soluço em sua garganta.

No console que parecia ser o principal, um enorme mapa foi projetado.

— Quem tá comandando isso? — indagou Marajoara, esfregando as lágrimas dos olhos, ainda mesmerizada com as telas ligadas ao seu redor.

Nínive se aproximou do console e tentou interagir com ele: com delicadeza, tocou dois dedos sobre sua superfície.

— Oi.

O mapa foi substituído por uma imensa carinha sorridente, :)

Tanto Nínive quanto Marajoara arregalaram os olhos.

— O que diabos é isso? — insistiu Marajoara.

— Toda vez que toco em um painel ou tela, isso aparece.

Marajoara colocou a mão sobre o console. A carinha desapareceu e outra, bem menor, surgiu. Esta não tinha o sorriso, apenas um traço reto.

:|

— Não parece muito jucunda em me ver.

Nínive tentou novamente: ao tocar, recebeu outro rosto sorridente.

:)

— Não é possível... — Marajoara sacudiu a cabeça e se afastou, deixando Nínive no console central.

Sentou-se diante de uma das telas e tentou decifrar os caracteres que se apresentavam à sua frente.

— Nive — chamou ela. — Essas letras... Eu não entendo.

—Acho que é muito velho — respondeu Nínive, ela mesma investigando a cadeia de símbolos que o console apresentou novamente. — Parece que é um jeito de formar palavras ou enviar comandos...

Ela apertou um dos símbolos que lhe parecia familiar: uma série de semicírculos aumentando em raio gradativamente, que pelo menos em suas telas contemporâneas significava sinal do comunicador.

Marajoara se afastou da tela que tentava decifrar e se aproximou de Nínive.

— Conseguiu alguma coisa?

Em frente a elas, no largo console, pontinhos passavam. Nínive não sabia muito bem o que aquilo significava, mas antes que pudesse responder, um sinal verde apareceu na tela.

— Mara — sussurrou Nínive, boquiaberta. — Eu acho... que temos sinal. Temos sinal.

— Temos telas. — Marajoara não parecia acreditar no que ela mesma dizia. — Nínive, temos telas! Podemos enviar uma mensagem para nossas estações!

Com delicadeza, Nínive colocou as duas mãos sobre o console central, que substituiu o sinal positivo de transmissão pela carinha sorridente, :).

— Mara, eu acho que temos mais do que isso...

— Como assim?

— Eu acho que temos uma nave inteira.

No console, um dos olhos da carinha sorridente foi substituído por um traço.

;)

O graffiti assombrado & o Palácio de Shabazz

Jim Anotsu

Itaúna — Minas Gerais — Brasil — 2049

Você já ouviu falar das pessoas que voaram?

Eu cresci ouvindo histórias sobre elas, mas o último africano voador — como ficaram conhecidos — faz tanto tempo que nem me lembro, eu devia ter uns dois anos de idade. O que restou foram histórias, contadas aqui e ali por tias, avós e pelas minhas mães. Cada pessoa rememorava os pequenos detalhes de formas diferentes. Teria sido um vizinho, um desconhecido ou parente distante. Ninguém sabe, com certeza, dizer quem foi o último, mas todos conhecem o primeiro, aquele que, num segundo, deixou de estar no chão e subiu aos céus, voando sabe-se lá para onde. Milhões o seguiram depois.

Kamal Jones, um rapper norte-americano, não parou de cantar quando a gravidade o ignorou, simplesmente deixou os versos fluírem e foi embora. Demorou uma hora para as pessoas se convencerem de que não era parte do show. Foi esse homem voador que começou tudo e, consequentemente, me colocou no caminho do crime naquela noite.

— Júlia, você tem certeza de que ninguém vai aparecer por aqui? — perguntou Valentina, com aqueles olhos enormes, olhando para os lados pela milésima vez. — Estou com um pressentimento horrível.

Ela tinha quinze anos, mas era tão mirrada e baixinha, que muita gente achava que ela era mais nova que eu.

Respirei fundo e me certifiquei de que não havia ninguém por perto. Então, desci pela Avenida Governador Magalhães Pinto.

Na rua, além de nós, o vento.

— Não se preocupe, o pessoal da minha sala fez isso várias vezes — menti. — Disseram que é seguro.

Valentina não acreditou muito, mas foi o suficiente para fazê-la continuar andando. Olhei para as janelas escuras da minha escola, aquela construção enorme e caindo aos pedaços — apenas algumas luzes acesas e nenhum sinal de vida, embora soubéssemos que um vigia fazia rondas com um pastor-alemão. Uma placa dizia: ESCOLA ESTADUAL DONA JUDITH GONÇALVES — AQUI FORMAMOS CIDADÃOS LIVRES E CONSCIENTES.

Fomos de respiração suspensa, cada barulhinho nos assustava. Mirei longe e pensei na rota de fuga que teríamos se alguém aparecesse. A rua terminava num matagal que margeava uma ferrovia pouco utilizada e tomava conta da velha estação que havia ali perto.

— Quero ir para casa — disse Valentina pela milésima vez. — Nossas mães devem estar preocupadas.

O latir de um cachorro ao longe me estremeceu, mas eu não daria o braço a torcer, de forma alguma.

— Não podemos voltar, é a nossa chance de fazer alguma coisa — respondi. —Você não acha horrível a forma como vivemos? Abaixando a cabeça para "eles"? E por causa de um negócio inexplicável?

Tomamos a Rua Aníbal Nogueira, uma linha de pedra e sem iluminação. Eu me lembrei das histórias da minha família, sobre como era o mundo antes que pessoas negras começassem a desaparecer no ar.

Todo mundo andava por onde quisesse e na hora que quisesse, não havia toques de recolher e existiam milhares de músicas e não só música clássica. Não havia cinemas, bairros e escolas só para nós. O mais chocante era saber que os pais podiam dar o nome que quisessem aos filhos, e não só aqueles da lista governamental. Júlia, Valentina, Karen, Pâmela etc., para as meninas. Enzo, Rafael, Francisco etc., para os meninos. O governo dizia que isso era para o nosso próprio bem. Eu sabia que isso era mentira, estava nos olhos de cada pessoa na escola e era o motivo de o pai de Valentina ter morrido do coração pouco depois que proibiram as "pessoas de cor" de criar música. Ninguém sabia o porquê, mas as pessoas "artísticas" voam mais do que as outras.

Sacudi a cabeça e abandonei o devaneio, eu não podia me dar ao luxo da distração. Abracei a mochila e olhei para os muros da escola. Se íamos fazer aquilo, era importante escolher um bom lugar. Qualquer erro e a Brigada Antivoo chegaria num minuto, camburões e algemas.

— Vai ser aqui — falei, olhando para o único pedaço do muro não recoberto com tecnologia anti-graffiti. — O resto tá protegido.

— Certo...

— Confia em mim.

Não havia tempo para desistência. Tirei a lata de spray da mochila preta e segurei com cuidado. Tínhamos encontrado aquilo na porta da minha casa, depois da aula. Uma lata de spray era o sonho de qualquer adolescente, a forma menos perigosa de mostrar que odiávamos tudo aquilo, que não queríamos obedecer a regras estapafúrdias e que tínhamos o direito de desobedecê-las por serem ridículas.

Sacudi a lata e escutei a bolinha lá dentro. Só fui entender bem mais tarde que aquilo servia para misturar a tinta, tal e qual as frases e desenhos que apareciam cada vez mais nos ônibus, pontes, muros e postes, serviam para misturar as ideias de que tudo aquilo que o Líder Supremo fazia era para o nosso bem.

— Te vejo na cadeia — murmurei com um sorriso forçado. — E, se acontecer alguma coisa, corra até o matagal e siga os trilhos.

Eu e Valentina ainda demos uma última olhada para ver se não havia ninguém por ali. Quando se comprovou que apenas o silêncio era nossa companhia, dei um passo adiante e apertei o gatilho, fazendo com que um jato de tinta roxa voasse contra a parede de cimento.

Eu não sabia quem tinha deixado aquilo na minha porta, mas não tinha sido por acaso, não quando havia um bilhete dizendo: JÚLIA, É PRECISO UMA NAÇÃO DE MILHÕES PARA NOS DETER. Teria, sabe-se lá quem, lido o que eu escrevia nos meus cadernos, as poesias secretas? Teria visto os desenhos escondidos debaixo do chão da cozinha? Ou lido as frequências mais baixas dos meus pensamentos?

Deixei que as letras se formassem, o trabalho de uma iniciante, mas eu me sentia orgulhosa, meu rosto quente como que febril e o medo se misturando com a vontade de não parar.

Quando terminei, depois da dificuldade inicial, passei a lata para Valentina e deixei que ela trabalhasse. Foi mais rápida do que eu. Desenhou um enorme X dentro de um triângulo, o símbolo dos Rebeldes Voadores, que defendiam nova Revoada. A minha obra era maior e nela se lia: NÓS VAMOS FICAR BEM. Era o lema dos Rebeldes e uma das frases mais desafiadoras num mundo feito o nosso, com o Líder Supremo afirmando que só os negros tinham partido na Revoada porque eram descendentes de um cara amaldiçoado na Bíblia.

— A gente teve sorte de ninguém nos pegar — disse Valentina. — Podemos voltar para casa agora?

Havia uma ponta de orgulho em observar aquilo no muro, saber que tínhamos feito aquilo. Para os poderosos, seria apenas vandalismo; para mim, era um grito contra os drones de vigilância sobrevoando o rio São João, contra os detectores de metal na minha escola e as armas laser que nos observavam o dia todo. As pessoas, de vez em quando, precisavam ser lembradas disso.

Mas Valentina estava certa: precisávamos sair dali antes que o guarda surgisse com o cachorro dele. As escolas particulares do centro tinham drones de vigilância, mas a minha, pública que era, não recebia fundos para esse tipo de tecnologia. Então, tínhamos o velho e o cão. Eu já ia dizendo isso quando algo chamou a minha atenção, um brilho dourado vindo da parede, fraco e tremeluzente, feito lâmpada morrendo.

As letras que tínhamos pichado brilhavam. Mais do que isso, tremiam na parede.

— Você está vendo o mesmo que eu, não é? — perguntei.

— Deve ser apenas algum efeito da tinta, não é? Digo, aquelas coisas que brilham no escuro.

Valentina concordou com um aceno de cabeça, e eu permaneci onde estava, cada pedaço do meu corpo gelado e tremendo. Os nossos desenhos se desmanchavam e formavam novas linhas e contornos.

— Vamos embora, Júlia — disse Valentina. — Eu não sei o que é, mas a melhor coisa a se fazer agora é deixar isso de lado. Fizemos o que você queria.

Não respondi, deixando que todas as conjeturas se estendessem diante de mim, feito galhos, criando formas intrincadas e sem discernimento, mas, no entanto, nenhuma possibilidade parecia acertada e a minha curiosidade era grande demais para que eu saísse dali. As linhas de tinta dançando como serpentes encantadas por um flautista invisível, najas que escreveram uma mensagem: SIGA O MEU TRAÇO.

Eu sabia o que era aquilo! Uma tinta especial, cheia de minúsculos robôs, que servia para criar mensagens dançantes, usada em publicidade. Tinha sido proibida depois que a Frente Rebelde começou a usá-la para transmitir mensagens secretas. Igual àquela que recebíamos agora. Alguém tinha me mandado uma mensagem, e agora eu queria saber o que estava por trás disso.

Não houve tempo para discussão: uma forma surgiu na esquina e nos observava de punho cerrado e cão ao lado.

— Fiquem onde estão, delinquentes! — gritou o homem vindo ao nosso encontro. Os longos cabelos dourados brilhavam na pouca luz, o pastor-alemão acompanhava as passadas com latidos. — O Centro de Recuperação vai ficar feliz de receber mais duas porquinhas.

Eu sabia que se fôssemos pegas, as nossas vidas estariam terminadas. Ninguém saía dos Centros antes dos vinte e um anos de idade.

Segurei na mão de Valentina e segui o graffiti saído das paredes, nadando rua abaixo numa velocidade impossível. Não tínhamos outra opção, apenas seguir um traço de tinta na esperança de que nos ajudasse a fugir dali.

Eu conseguia ouvir o cachorro e o homem correndo atrás de nós, os latidos cada vez mais próximos e os gritos recheados de impropérios e praguejamentos.

Olhei para trás, um movimento de sorte, pois foi no exato instante em que o homem pegou uma pedra no chão e a fez voar em nossa direção. Dois centímetros impediram que aquilo rachasse a minha cabeça. Que falta de educação. Fiz uma careta na direção dele e continuei seguindo o graffiti.

— Ele vai nos prender! — dizia Valentina sem parar. — Não temos como fugir.

— Ele não vai nos pegar se você correr mais depressa.

A Avenida Albino Santos estava logo adiante e, depois dela, o matagal que serviria como rota de escape.

Saltamos para o asfalto e quase fomos atropeladas por um caminhão, o motor elétrico silencioso ao passar por nós. Segurei na mão de Valentina com mais força e adentramos nas plantas enormes. Um cheiro ruim impregnava a região, culpa do lixo que as pessoas jogavam por ali.

Continuamos a nos embrenhar na verdidão, um pouco mais desesperadas sem o graffiti para nos guiar. Enquanto isso, o cão e o guarda faziam as plantas se dobrarem e rangerem atrás de nós. Um zunido rasgou o ar, e até mesmo o animal soltou um gemido dolorido. Eu conhecia aquele som, um tiro laser tinha sido disparado. Quando um disparo daqueles acertava o alvo, o mínimo esperado era uma queimadura de segundo grau. Valentina começou a chorar, mas se segurava para que nenhum som escapasse.

— Ninguém vai se importar com duas delinquentes no Centro de Correção! — gritou o homem. — Eu vou ser um herói quando contar da minha legítima defesa. Um cidadão de bem defendendo a escola, é isso que os jornais vão dizer.

Olhei ao redor, procurando me localizar, mas só havia verde para todo lado. Escolhi uma direção e fui.

Eu *sabia* que ele cumpriria o prometido, todos eles cumpriam. Estava na TV e nos jornais todos os dias: como alguém do meu povo tinha sido preso numa Fundação ou Centro por "legítima defesa", e os políticos diziam que isso coibia novos "êxodos aéreos".

E, sabendo disso, avancei devagar, ciente de que qualquer barulho significava prisão certa. De vez em quando, eu parava e respirava fundo, tentando perceber se o cão e o vigia se aproximavam. Por sorte, ao longe, houve um farfalhar de mato, e a dupla foi para lá. No fim, ouvi os gritos frustrados do homem, irritado por ter encontrado apenas um felino.

O fim do matagal chegou abruptamente, num segundo estava ali e no outro tinha sumido. Demos de cara com a linha de trem que serpenteava pelo matagal e seguia para o sul. Os trilhos cortavam grande parte da cidade, passando pelo nosso bairro de Santanense, o centro da cidade e outros municípios. Obra da antiga Ferrovia Centro-Atlântica, que agora servia para levar possíveis Voadores para Estações de Tratamento, onde seriam educados até que perdessem a capacidade de voar.

— Ali — disse Valentina, apontando um reluzir nos trilhos. — Olha, tá ali.

— Vamos!

Era o graffiti. Então, corremos atrás dele. A cor dançava pelo ferro, reluzindo sob o luar. Era um peixe num longo, longo rio, fazendo paradas de vez em quando, como que para se certificar de que estávamos por perto.

Outro zunido passou raspando o meu ouvido, o brilho vermelho indo se alojar numa árvore próxima, fazendo um buraco. O guarda tinha nos avistado e corria atrás de nós, os tiros de laser voando sem mira.

— Anda, corre mais depressa! — gritei.

Pouco adiante se erguia uma construção decadente. Uma antiga estação de trem, usada na época em que trens de passageiros ainda paravam em Itaúna. Agora, era apenas um lugar abandonado, coberto de mato e tijolos expostos. Eu me lembrava dos meninos da escola que costumavam ir até lá em desafios de coragem. Eu nunca tinha feito isso porque achava uma perda de tempo, e não tinha nada de interessante ali.

O graffiti escorreu por debaixo da porta trancada, estávamos presas do lado de fora e o guarda vinha em nossa direção, a arma esticada.

— O que a gente faz agora? — indagou Valentina.

Minha respiração estava rápida, minhas narinas dilatavam e o meu peito subia e descia num ritmo cada vez mais frenético.

— Fim da linha — disse o homem se aproximando, o cachorro latindo. — Preparem-se para a Fundação. Vamos! E sem gracinhas, senão…

Ele levantou a arma prateada e apontou o caminho de onde viemos. Valentina deu o primeiro passo, mas então algo aconteceu. Um som, vindo de dentro da casinha. Uma batida, um som, um ritmo. Música! E pior, música proibida, um rap animado e cheio de vibrações. Olhei para o homem, era como se tivesse visto uma pessoa sem cabeça.

E era disso que eu precisava, um segundo, um vislumbre.

— Ei, bobão!

As palavras saíram no mesmo segundo em que saltei sobre ele, o derrubando no chão. Houve um grunhido, e o corpo dele rolou. Quando o homem se levantou, eu já segurava a arma e apontava de volta para ele.

— Vá embora — falei. — Agora. E não volte nunca mais.

O homem me encarou durante um longo instante, os olhos azuis cheios de raiva, os cabelos dourados empapados de suor. Então, depois de um resmungo, ele se levantou e saiu correndo. O cachorro foi atrás, latindo e uivando.

Peguei a arma e joguei longe no matagal, aquilo não deveria estar nas mãos de ninguém, nunca.

Neste instante, a porta se abriu, revelando um homem alto e musculoso, de pele muito escura e com uma boina preta, tão preta quanto a sua camisa e a jaqueta de couro e os óculos escuros. A pessoa mais elegante que eu já tinha visto, com uma aparência diferente daquelas oferecidas como opções pelo governo. Pelo amor de Deus, aquele cabelo jamais entraria no Guia de Cortes Autorizados do governo.

Ele sorriu.

— Visitantes — disse ele, animado. — Entrem, entrem! Se o Graffiti Assombrado trouxe vocês até aqui, é porque precisam estar aqui. Vamos, entrem, entrem.

Eu e Valentina entramos correndo na estação abandonada, com medo de que o guarda voltasse com reforços.

A casa estava vazia e não parecia haver nada de mais ali, não fosse um alçapão no chão, de onde brotava um jorro de luz e a música que tínhamos ouvido antes. O homem, certamente, estava saindo dali quando ouvimos a música do lado de fora. E, neste momento, a cabeça de uma moça apareceu, espiando, curiosa.

— Ei, depressa — disse ela. — Os informantes avisaram que um Batalhão Antivoo está vindo para cá. Vamos demolir a estação e cair fora. — Ela me olhou. — O meu nome é Zola e o grandalhão aí é o Omari. Depois a gente se apresenta melhor e tudo mais, mas agora temos que correr.

Ela sumiu dentro do alçapão, e Omari a seguiu. Eu e Valentina nos entreolhamos, cheias de dúvidas, mas descemos as escadas.

De repente, estávamos num túnel iluminado, milhares de lâmpadas nas paredes e teto. Zola disse que os túneis se espalhavam pelo estado inteiro e ela chamava o sistema de A Ferrovia Subterrânea, com vários postos de resgate como aquele.

No fim do longo corredor, depois de uns vinte minutos de caminhada iluminada, estava uma sala enorme, cheia de gente e barulho, pichações em todas as paredes, tantas cores. Tapetes intrincados, caixas de som, lâmpadas coloridas e pôsteres sob uma placa que dizia ARTISTAS APAGADOS PELA LEI.

Li com cuidado os nomes que os meus professores chamariam de "Arte Degenerada": Emicida, Gil Scott-Heron, Flávio Renegado, Duke Ellington, Elza Soares, Black Alien, Bob Marley, Wynton Marsalis, Public Enemy, Racionais MC's, Nina Simone, Gilberto Gil, Aretha Franklin, Wilson Simonal e tantos, tantos outros. Eu nunca tinha ouvido falar em nenhum deles e fiquei me perguntando quem foram aquelas pessoas. Teriam elas voado?

Em cima de um palco, no centro de tudo, estava um homem com enormes fones de ouvido, mexendo em discos. Ele criava música com a ponta dos dedos, fazendo sons de arranhões e soltando batidas, balançando a cabeça no ritmo da música. Um DJ! Eu nunca imaginei que fosse ver um. E as lendas diziam a verdade: eles faziam coisas incríveis. Tanto é que os meus pés começaram a se mexer sozinhos, como que guiados por uma força oculta.

No entanto, o que mais me chamou a atenção foram as várias pessoas flutuando pelo ar, alheias à gravidade.

Zola colocou a mão no meu ombro.

— Meninas, sejam bem-vindas ao Palácio de Shabazz — disse ela. — Vocês estão em casa agora.

E os meus pés saíram do chão.

Space Kate

Lady Sybylla

— Katelyn, vem jantar!

Era difícil tirar os olhos do céu. Kate sabia por que as estrelas pareciam piscar — turbulências que aconteciam na atmosfera do planeta —, pois aprendeu tudo na escola. No entanto, não conseguia deixar de imaginar que eram vaga-lumes muito distantes acenando lá do outro lado. Sua professora ensinou sobre como as estrelas nasciam, como as constelações foram imaginadas por povos antigos e até conseguia identificar algumas se fosse paciente. Estrelas brancas, azuis, amarelas, vermelhas e marrons alimentavam mais o mistério que era o universo. Tudo parece muito grande quando se tem treze anos.

— Não vou chamar de novo!

— Já vou, mãe!

Kate terminou a última conta da lição de casa de matemática. Finalizou o exercício e fechou o tablet, guardando-o na mochila. A noite estava fresca, o bairro ainda iluminado pelas famílias jantando e conversando após um dia cheio de trabalho. O perfume do jantar sendo preparado sobrevoava pelos telhados inclinados. Kate colocava a alça da mochila no ombro quando ouviu um estrondo e olhou para o céu. Uma nave de transporte riscava o firmamento em um traço incandescente, trazendo trabalhadores da refinaria de volta para casa, o planeta Amarna. Kate não lembrava direito, mas sua mãe dizia que Amarna era uma versão um pouco mais seca que a Terra, com plantas adaptadas para o deserto, animais cascudos e inofensivos que viviam entocados na areia e um céu cor de púrpura.

Kate correu para a mesa, onde o aroma de macarrão com carne processada preenchia a sala. Sua mãe tinha acabado de se sentar e enchia o copo com um suco colorido enquanto Kate já pegava macarrão da travessa.

— Lavou as mãos?

— Mas, mãe, eu estava fazendo a lição de casa.

— Isso não é justificativa. Conhece as regras, mãos e rosto sempre limpos à mesa. Anda, vai lá.

Bufando, mas obedecendo, Kate correu para o banheiro e esfregou bem os dedos e a palma das mãos com o sabonete aromático, preocupando-se em ensaboar o dorso das mãos e limpar debaixo das unhas. O rosto ainda tinha manchas de poeira da pista de skate para onde tinha ido no fim da tarde, e seu cotovelo ainda estava ralado. Ainda bem que sua mãe não reclamou.

Ao se sentar novamente, já havia macarrão em seu prato, que foi prontamente atacado por uma garota esfomeada.

— Tudo bem na escola hoje?

— Uhum. — Sacudiu a cabeça, as bochechas cheias de comida.

— Preparada para o final de semana?

Kate engoliu toda uma massa de macarrão junto com um gole de suco, pensando no que dizer. Não, não se sentia preparada! Sabia que era boa no que fazia, que vinha praticando com bastante dedicação, mas ainda assim ficava assustada só de pensar no desafio que tinha pela frente. Ver a confiança dos outros em suas habilidades só aumentava o pânico que crescia em seu peito. E tinha Tonio para piorar as coisas.

— Não deixe que ninguém te diga que é impossível. — Sua mãe parecia ser capaz de ler sua mente e sua hesitação.

— Mas é bem difícil fazer...

— Só é difícil até alguém ir lá e ver que não é.

A mãe pegou sua mão e apertou. Parecia cansada. Tinha os olhos grandes, brilhantes e escuros, o cabelo preso num coque e a máscara que usava na refinaria tinha deixado uma marca em seu rosto que demorava a sair, mesmo depois do banho.

— Confio em você, Katelyn. Minha Space Kate.

Suas amigas de classe lhe deram esse apelido e acabou pegando. Na escola inteirinha não se falava de outra coisa. Space Kate competiria no Turbo Skate, a maior competição de skates espaciais do sistema estelar. Era a garota mais nova a competir e havia inúmeros desafios para chegar até o pódio. Gente muito mais experiente tinha se inscrito, gente que praticava há mais tempo e conhecia até do avesso as manobras mais radicais. Alguns garotos na escola a provocavam, dizendo que meninas não tinham talento para o skate espacial, mas Kate ignorava. Quem eram eles para dizer o que ela podia ou não fazer?

Kate apertou a mão da mãe, tentando absorver pela pele toda a confiança que ela sentia. Mas admitia estar com medo de não ser assim tão boa.

Desde muito cedo, Kate se apaixonou pelo skate. As manobras eram hipnóticas para a garotinha de tutu rosa e coque que saía da aula de dança no final da tarde. Um dia, sua mãe, Mariângela, perguntou se ela gostava de dançar, e Kate disse que sim. E aí perguntou sobre o skate. E Kate disse que sim de novo.

— Tem alguma coisa errada comigo, mãe? Eu gosto tanto de dançar quanto gosto de skate.

— Claro que não, Kate. Se você olhar bem, o skate também é um tipo de dança. Veja só quantas piruetas e giros você faz com ele.

No fim, Katelyn optou pelo skate, mas entendeu a mensagem, sem largar o tutu na hora das apresentações juvenis da cidade.

Apertando o cinto no assento do transporte, Kate abraçou a mochila e baixou a cabeça, esperando cochilar pelos próximos quarenta minutos, sentindo a nave trepidar conforme aqueciam os motores. De vários lugares de Amarna, centenas de naves como aquela estavam levantando voo pelo céu púrpura, rumo às refinarias no cinturão de asteroides, cheias de trabalhadores cansados e crianças preguiçosas com suas mochilas, todos ansiosos com a competição daquela noite. Kate também levava seu skate turbinado para fazer manobras em microgravidade, preparado e limpo para a apresentação.

Preso no bagageiro, acima dos assentos, ele era semelhante a um skate comum, mas tinha modificações para a prática do skate espacial. Era preciso uma pequena turbina alimentada a combustível de foguetes para impulsioná-lo e um sistema de gravidade artificial para manter os pés de Kate grudados na parte superior da prancha. Ao realizar manobras como o *shove-it*, na qual é preciso saltar e girar o skate, o sistema reconhecia o movimento muscular e desgrudava os pés da prancha, para voltar a grudar os pés nele em seguida. A ciência da inteligência artificial do skate era meio complicada, mas Kate era fascinada pelas manobras que a microgravidade oferecia, coisas que em superfície ela não conseguia.

Aquele dia na escola passou super-rápido. Os estudantes estavam eufóricos, sem conseguirem se concentrar nas aulas. Kate foi liberada mais cedo pelos professores para que pudesse praticar na pista externa, em ambiente espacial. Estar de volta ao skate e fazendo manobras sem muita preocupação foi ótimo para desestressar. Claro, Kate tinha que ignorar o olhar cínico de Tonio pela escotilha, que parecia gravar cada movimento seu, mas conseguiu treinar com tranquilidade.

Com a aproximação da competição e os ponteiros do relógio passando rapidamente pelas horas, Kate tinha que admitir que estava ficando nervosa! Para colocar o macacão e acoplar as luvas, precisou da ajuda da sua amiga de sempre, Gislaine, ou Gis como todo mundo chamava.

— Miga, fala sério, você tem que se acalmar. Você treinou para isso, relaxa! Você joga limpo, é boa, não usa nitro no teu skate. Vai dar tudo certo!

Ah, se fosse assim tão simples! Seria muito bom mandar o cérebro parar de se preocupar e executar tudo superbem. Sua mãe estaria assistindo, seus colegas, professores, vizinhos e até o Tonio Spiral, garoto do ensino médio que mandava bem demais nas manobras, mas era um ser desprezível e fazia questão que todos soubessem disso. Sabe o cara que se acha? Que precisa de atenção constante? Esse é o Tonio. Capaz de ter a foto dele no dicionário no verbete para "exibido".

De canto de olho, Kate viu Tonio calçando as botas especiais com patrocínio, seu skate tunado, o capacete com um desenho que lembrava chamas. Era um traje bonito, tinha que admitir. Já o seu traje foi pintado por sua mãe. O capacete era decorado com estrelas, as botas, com nebulosas, o traje todo salpicado de constelações tanto da Terra quanto de Amarna, para ela nunca esquecer de onde veio.

Gis bateu nas laterais do capacete para avisar que estava travado no lugar. Um comando de voz ativou os sistemas internos, e Kate segurou seu skate com força, as luvas agarrando o material especial com uma força que ela achava não ter.

Eram dez competidores. Só havia quatro meninas e Kate era a única com treze anos de idade. Só foi aceita por causa da precisão de suas manobras tanto em terra quanto em microgravidade. Os jurados tinham ficado espantados com alguém tão jovem ser tão certeira em suas manobras.

Kate respirou fundo, buscando se acalmar. Ela seria a última a competir na pista, logo depois de Tonio, que parecia uma muralha à sua frente na fila de entrada da eclusa de ar que levava para o ambiente espacial. Quanto mais o momento se aproximava, mais irreal ele parecia.

Kate esperou na eclusa, vendo as manobras de todos os competidores à sua frente. Grudada na escotilha de observação, era possível ver o caminho iluminado por onde a pista passava. Havia imensas naves estelares ancoradas para servir de apoio de manobras, piscinas fundas escavadas em asteroides iluminados dando passagem para pontos de apoio para piruetas sobre boias marcadoras de pontos. As piruetas mais elaboradas, as passagens mais rápidas pelas piscinas e as manobras mais ousadas ganhavam o troféu.

As manobras de Fefa, uma garota no último ano do ensino médio, foram brilhantes. Kate não conseguiu ver erros, mas ficou espantada com os décimos retirados da nota final. Juan, dois anos à frente de Kate, quase saiu voando em uma pirueta que deu errado e bateu contra uma boia. Coitado! Estava indo tão bem! O skate dele precisou ser buscado por um robô-recolhedor.

Tonio entrou na pista como se fosse um guerreiro espacial, tipo aqueles quadrinhos de batalhas e guerras que Kate curtia de ler na escola. Gostava de pensar que estava entrando como uma guerreira naquela pista, mas cada volteio e salto que Tonio dava, arrancando mais e mais aplausos da arquibancada protegida acima da pista, com piruetas que deixariam Isaac Newton feliz da vida, faziam Kate se sentir pequena, minúscula, pronta para desistir.

O sentimento de incapacidade completa estava quase convencendo Kate a pegar seu skate e sumir dali quando seu nome foi chamado pelo alto-falante de seu capacete. É agora!

Pensou na mãe apertando sua mão e dizendo que ela conseguiria fazer a pista toda. Puxou o ar seguidas vezes, esticou as mãos, catou seu skate e saiu da eclusa de ar. Já tinha chegado até ali, então agora iria até o fim.

Logo montou na prancha já tão familiar e manobrou seu skate até o começo da pista, que era uma megarrampa de duzentos e setenta metros de comprimento e trinta metros de altura com boias, naves estelares e asteroides para a composição do trajeto. Kate parecia uma formiguinha no começo da rampa, mas logo essa formiguinha se tornou gigante, conforme seu skate soltava faíscas coloridas que mostravam a posição do skatista no percurso para quem estivesse assistindo. Flutuando quase sem peso, Kate colocou toda a sua experiência, perspicácia e vontade nas manobras de cada salto e pirueta. Aquele era o seu momento! A respiração acelerada se confundia com o coração batendo acelerado contra seus ouvidos. Eram apenas Kate, a pista e o negro profundo do espaço a cada movimento ousado que dava. Ela não ligava para pontos naquele momento, apenas queria completar sua série. Sabia que tinha condições de fazer tudo o que havia treinado. Seu No Grab 720 foi o melhor que já tinha feito em muito tempo — e estando no espaço é ainda mais difícil, pois a tendência é que o skate saia girando se não tiver o sistema de gravidade artificial agindo. Tal como nas batalhas espaciais dos quadrinhos, Kate se sentiu a guerreira da pista!

Tudo no skate espacial era grandioso. Sem as limitações da superfície planetária era possível girar e virar quantas vezes quisesse. Era como na dança, pois exigia um movimento fluido e controle absoluto do corpo. De repente, se sentindo muito calma, esquecendo as centenas de pessoas que tinham se aglomerado para assistir, Kate avançou pelo bowl escavado no asteroide, no final da pista. Era possível ver o minério brilhando nas paredes alisadas da rocha conforme suas rodas passavam sobre ela.

Sua última manobra se aproximava. Primeiro, as rodas correram pelo casco de uma grande nave espacial na lateral direita, de onde era possível ver espectadores pelas escotilhas. Kate percorreu o casco prateado, impulsionou para acertar a boia superior — 500 pontos! —, atingiu o bowl de um outro asteroide de veios de minérios dourados logo acima, ganhando velocidade até o final e dando duas piruetas e meia para atingir a terceira boia — mais 500 pontos! —, culminando com quatro piruetas com o skate agarrado aos pés, sem as mãos, para, por fim, tocar o fundo do bowl de um asteroide de onde podia ver a linha de chegada pronta para recebê-la!

As rodas roçaram vigorosamente na rocha bruta. A pouca gravidade do asteroide era o suficiente para Kate sentir a força em ação, quando uma das rodinhas pareceu entortar ou se enroscar com alguma pedrinha solta e Kate voou por cima do skate e caiu embolada no chão, parando poucos metros antes da linha de chegada.

Por um estranho momento, Kate achou que tinha cruzado a linha de chegada e caído no meio da comemoração. Depois de recuperar o ar em seus pulmões, porém, percebeu que estava a dois metros da fina linha holográfica que preenchia o vazio do espaço. Kate tinha caído no final da manobra. Recuperando a dignidade, Kate subiu em seu skate, deu um impulso com o pé e percorreu o que faltava para terminar a pista, os olhos ardendo com lágrimas que queriam cair, o skate cambaleando sobre a roda ruim.

De volta ao vestiário dos competidores, Kate passou pela eclusa de ar depois dos aspiradores removerem todo o detrito espacial, fechou a comporta e removeu o capacete que ficou com o áudio desligado na queda. Foi então que o vozerio alterado de várias pessoas, entre elas sua mãe, encheu seus ouvidos. Com o skate embaixo do braço, Kate seguiu para a sala ao lado. Sua mãe estava com o dedo apontado para a cara de um dos juízes, enquanto Tonio tinha o rosto vermelho de raiva, como um pimentão, os olhos chorosos como se fosse um garotinho assustado. Taí algo inédito para ele.

Quando sua mãe a viu, correu para abraçá-la. Mariângela tremia e ao ver que a filha estava inteira, apenas um leve raladinho no queixo, voltou para os jurados com toda a ira que conseguiu juntar.

— Pois bem, eu trabalho na refinaria, conheço muito bem os compostos químicos pra saber que tinha nitro no skate desse garoto! — Apontou para Tonio. — Só isso pode explicar a velocidade com que ele cruzou a linha de chegada e como havia pedras soltas no final da pista.

Gis tirou o skate do braço da amiga e mostrou aos jurados as pedrinhas do asteroide ainda agarradas à borracha. As rodas deveriam estar limpas. Quando um dos jurados quis medir o nível de componentes do combustível do skate de Tonio, ele se recusou.

— Você não pode recusar a uma inspeção dos jurados, garoto. — O jurado estendeu a mão, e ele foi obrigado a entregar o skate.

Um medidor foi inserido no pequeno tanque do skate e lá estava. Óxido nitroso, ou nitro, adicionado de maneira ilegal para dar mais potência ao motor. A chama saía com tanta força do motor, garantindo a velocidade, que acabou soltando pedrinhas da superfície polida do bowl. Kate sentia o coração bater com força no peito. Seria capaz de sair quicando pela sala.

— Em vista destes novos acontecimentos, declaro Katelyn Lima a vencedora do Turbo Skate de 2227.

Kate não se lembrava de ouvir mais nada depois disso. Era como ficar surda para o universo inteiro e só ouvir SPACE KATE É CAMPEÃ!, repetidas vezes. Sentiu que a colocavam nos ombros e que ela subia e descia, enquanto vozes cantavam seu apelido — SPACE KATE — uma vez seguida da outra. Lembrava de ter visto o rosto de sua mãe, olhos chorosos e um megassorriso no rosto. E lá no fundo, Kate se lembrava de ter visto um garoto chutar o próprio skate para longe, enquanto saía da sala, desaparecendo no final do corredor.

O pranto do ronin

Roberta Spindler

O céu derramava suas lágrimas no telhado do templo de cem andares quando Orin descobriu não apenas que seu irmão estava vivo, mas que o Xogum o havia transformado em um de seus samurais.

A jovem ninja encarou os três samurais que a esperavam ali, equilibrados no piso inclinado e envergando suas espadas, *katanas*. A chuva molhava os visores de suas máscaras implantadas diretamente na carne. Os braços, que misturavam pele, cabos e metal, não tremiam com o frio. Os quimonos de tecido sintético escondiam boa parte do corpo modificado. Já não eram homens, mas sim ciborgues. Como de costume, o símbolo do xogunato estava pintado nas costas deles, provando a quem pertenciam. No passado, o Xogum era uma importante distinção militar, alguém que governava em nome do Imperador, superando até sua autoridade. Naqueles novos tempos, não havia mais um imperador, somente o líder que se inspirara na História para avançar seus próprios interesses. Ele não era um guerreiro como o Xogum de eras atrás, mas um burocrata de palavras suaves e promessas vazias. No entanto, seu poder era ainda mais opressor, utilizando-se do avanço tecnológico para controlar e moldar até mesmo a faceta mais privada da vida das pessoas.

Tanto havia sido perdido. Os novos samurais não mais seguiam o código de ética do *Bushido*. Não havia mais a busca da honra em suas ações. Valores como coragem, benevolência e educação haviam sido extintos. A sociedade que o xogunato criara era vazia, e por isso tão fácil de controlar. Se os samurais mudaram tanto, para as pessoas comuns a piora fora ainda mais sentida. A liberdade para se expressar não existia, a vigilância era constante e o medo de ser colocado em uma das listas de inimigos do Xogum era paralisante. Mesmo assim, ainda havia alguns que resistiam ou, pelo menos, tentavam. Orin fazia parte desse grupo.

O mais alto dos samurais se aproximou da garota. Um capacete de formato triangular lhe cobria toda a cabeça. Cabos escuros saíam da nuca, se escondendo no interior das roupas, provavelmente plugados na coluna vertebral. O visor cromado refletia os raios que cortavam o céu.

— Você roubou informações sigilosas — anunciou a voz metalizada. — Como ordena a lei, devemos puni-la.

O samurai correu pelo piso inclinado do telhado, saltando sobre ela. Era muito rápido. Os outros dois seguiram seu exemplo com o mesmo ímpeto em capturá-la. Com a mão livre, Orin retirou do bolso preso em seu braço duas lâminas estreladas de arremesso, chamadas *shurikens*. Elas continham pequenos explosivos colados no centro e fizeram um estrago quando atingiram um dos samurais mais distantes, arrancando sua espada e o desequilibrando.

Enquanto o samurai atingido deslizava pelo telhado para uma queda de muitos metros, os outros continuaram avançando. Pressionada, Orin saltou sobre o líder e prendeu uma *shuriken* no capacete cinza, quebrando mais da metade do visor dele. Ao perceber que o terceiro samurai já estava pronto para atacá-la, sua reação foi rolar para o lado, escorregando sem controle pelo teto. A chuva fazia com que fosse impossível frear. Quando as pernas já despontavam em direção ao nada, conseguiu se segurar no parapeito. Ficou balançando de um lado para o outro, rezando para que seus dedos aguentassem e os braços tivessem força o suficiente para erguê-la.

Avançando sobre o parapeito, o samurai restante ergueu a *katana* para o golpe final. Orin não desviou o olhar: aprendeu com os ninjas que temer a morte era uma desonra. Foi quando o inesperado aconteceu: o samurai foi derrubado, deixando Orin perplexa. O líder que ela atacara antes havia se voltado contra seu próprio comandado.

No entanto, quando olhou para o capacete estilhaçado do líder, já não estava mais vendo o céu chuvoso ou os ciborgues. Sua mente voltou ao dia em que sua casa foi invadida e seu irmão Kojiro, sequestrado. Lembrou dos gritos dele e de sua total incapacidade em salvá-lo.

— Orin-chan, senti tanto a sua falta.

Quando ouviu seu nome dito daquela forma carinhosa, que indicava proximidade e afeto, a ninja prendeu a respiração. O samurai guardou a *katana* na bainha e lhe estendeu a mão. Sem reação, ela se deixou puxar. Quando ficou de pé, as pernas bambeavam. O samurai levou a mão ao capacete danificado e revelou o restante do rosto debaixo da máscara. O rosto de um fantasma. A pele tinha uma tonalidade cadavérica, o maxilar e os dentes haviam sido substituídos por próteses de metal. Cabos afixavam-se em boa parte da cabeça lisa. O lado esquerdo, local mais atingido pela *shuriken*, soltava faíscas esporádicas.

Mesmo com tantas modificações, aquelas feições eram inconfundíveis. Orin se sentia em um sonho macabro, em que o seu maior desejo e seu maior medo se fundiam. Retirou os óculos de visão noturna num puxão.

— Kojiro-niisan... — O nome saiu de sua boca oprimido pela dureza da verdade, mas sem deixar de expressar o carinho e a reverência com que ela costumava chamar o irmão mais velho antes de se separarem.

Orin ainda tentava entender a reviravolta em sua vida quando chegou ao pequeno apartamento que mantinha na zona portuária, seu refúgio quando não estava em missões. O local pequeno ficava ainda mais apertado devido ao entulho que ela guardava. Eram partes de diversos samurais: máscaras, roupas, braços, placas de circuitos, cabos e armas. Mementos da sua obsessão por vingança, que vinha pondo em prática há cinco anos.

Assim como muitos dos seus companheiros, ela havia perdido quase tudo por causa do Xogum. Seu irmão mais velho fora levado e dado como morto quando a garota ainda era uma criança, destroçando o que restava de sua família. Orin dedicara toda sua adolescência à busca por vingança. Mesmo tão jovem, conseguiu se tornar uma ninja respeitada. Escolhera aquela vida justamente porque o comando ninja era o único que ainda lutava contra os avanços imorais do Xogum. Entrar no grupo lhe pareceu a melhor forma de honrar a memória do irmão.

Kojiro passou os olhos pela bagunça enquanto a ninja corria para o computador, preocupada em desencriptar as informações roubadas no templo.

— Posso me restaurar com algumas das partes que você tem aqui — disse ele, apanhando um visor largado em cima da mesa.

Quanto mais o ouvia, mais Orin sentia a revolta tomá-la. Chegava a tremer.

— Minha presença é tão repelente assim? — Não havia ressentimento na fala dele, apenas um tom metalizado que causava calafrios.

— Não é sua culpa, Kojiro — Orin tentou explicar. — Tem a mínima ideia de quantos desmandos o Xogum te obrigou a fazer durante todos esses anos? Do ódio que eu sinto por ele não só ter te tirado de mim, mas ter feito você carregar esse símbolo?

Quando apontou para a estampa no quimono do irmão, seus dedos tremiam de leve. A pergunta não abalou Kojiro. Nada parecia capaz de mudar sua expressão conformada.

— Eu lembro de tudo o que fiz, até mesmo das últimas palavras dos inocentes que persegui. Os implantes me impedem de esquecer, pois qualquer informação pode ser útil ao Xogum. Foram as minhas mãos que fizeram tudo isso. Não sei o que sou, irmã. Máquina ou homem? Vilão ou vítima?

O gosto de bile tomou a boca de Orin. Queria abraçar o irmão, como costumava fazer quando eram pequenos, mas mesmo que entendesse que ele havia sido obrigado a cometer aqueles crimes, que eles não refletiam quem era de verdade, uma parte de si ainda temia a proximidade de um dos soldados que tanto aterrorizaram sua vida. Precisaria de um tempo para se acostumar com tudo aquilo. Antes que explicasse isso a ele, no entanto, o bipe do computador informou-a de que os dados haviam sido desencriptados.

Ao analisar os arquivos, Orin se espantou.

— Isso é muito mais do que podíamos imaginar. As senhas de acesso ao palacete do Xogum, os mapas, as rotas da guarda. Está tudo aqui!

— Isso significa que os samurais não vão desistir — alertou Kojiro. — Nada os deterá até que recuperem as informações que você roubou, Orin.

— O comando central precisa saber disso. — A mente dela girava com tudo o que havia descoberto. — Preciso entregar esses arquivos o quanto antes, e eles são importantes demais para arriscarmos mandar tudo pela rede e sermos interceptados.

— A única forma segura é entregar do jeito tradicional — disse o samurai.

Orin voltou sua atenção ao computador. Enviou algumas mensagens encriptadas e logo obteve uma resposta.

— Consegui entrar em contato com o comando central, são eles que nos passam as missões e gerenciam toda a nossa rede ninja. Estão me esperando na estação de trem de Kyoto para a entrega das informações. Tenho que ir.

— Eu também vou — interrompeu o samurai.

— Kojiro, o comando nunca vai acreditar em um samurai redimido...

— Eu não tenho motivos para mentir — afirmou ele com convicção. — O controle que o Xogum exercia sobre mim está acabado. Sou um *ronin*, um samurai sem mestre, e minha escolha é te proteger.

Impactada, Orin suspirou e caminhou até sua cama, onde quimonos de inimigos ocupavam o colchão sem lençóis. Apanhou o mais escuro deles, com uma serpente verde pintada nas costas.

— Lembra de quando nos separamos? Quando o samurai que vestia isso invadiu nossa casa? Eu jurei que o encontraria e o faria pagar. — Orin entregou o pedaço de pano ao irmão. — E foi isso que fiz. Não quero te perder mais uma vez.

O pranto do ronin   **75**

O *ronin* a envolveu num abraço. Orin sentiu as mãos mecânicas a apertarem e tomou sua decisão.

— Eu quero muito acreditar que ainda podemos recomeçar, Kojiro. Encontraremos os outros ninjas na estação e tentarei convencê-los de que você não está mais do lado do Xogum.

— Farei tudo por você.

A resposta foi tão automática que ela teve certeza de que já havia sido dita aos comandantes do xogunato. Repeliu o pensamento rapidamente.

Kojiro sempre seria seu irmão.

O Xogum pregava o progresso total e, para isso, tudo que remetia ao passado deveria ser corrompido, como os títulos honoríficos que ele mesmo usava, ou simplesmente apagado, como tantas tradições tornadas ilegais. A estação de trem de Nova Edo era o principal exemplo daquela nova ordem. Moderna e robusta, competia com os prédios altos. Seu telhado feito de vidro impressionava, ainda mais quando o sol incidia ali. O interior era impecavelmente branco. Era um bloco opulento sem alma ou história. Nos alto-falantes, os horários de chegada e saída alertavam os viajantes.

Os trens eram o principal meio de transporte e motivo de orgulho do xogunato. Afinal, para manter funcional um país tão populoso, a locomoção célere e eficiente dos cidadãos era primordial. Os trilhos também facilitavam o controle do movimento, já que todos tinham que passar por estações para ir de uma cidade a outra e, claro, necessitavam de uma prévia autorização da enervante burocracia do xogunato. Sempre bem-preparada, Orin tinha documentos falsos que resolveriam aquele entrave.

Os trilhos do trem-bala vinham em passarelas sinuosas que atravessavam a cidade como uma gigantesca cobra cinzenta. Algemada, Orin foi guiada por Kojiro até o ponto em que a primeira porta do vagão iria abrir. Os outros passageiros abriram caminho, querendo ficar o mais longe possível do samurai e sua prisioneira.

Kojiro vestia um quimono azul coberto por uma capa de viagem amarela e preta, com o símbolo do distrito de Kyoto às costas. Usava uma placa branca que escondia a parte superior do rosto e se fundia numa espécie de máscara de gás que ocultava o nariz e o maxilar. Orin, por sua vez, vestia roupas simples sobre o traje ninja e havia usado seu treinamento com disfarces para modificar o rosto, deixando as bochechas mais saltadas e o maxilar mais redondo.

O trem para Kyoto tinha formato de flecha, e as pessoas se aproximaram da plataforma conforme ele reduzia a velocidade na estação. Ao entrar no primeiro vagão, Orin avistou três samurais empurrando os passageiros na plataforma. Olhavam para os lados como se procurassem alguém. Ela prendeu a respiração, contando os segundos para que a porta do trem se fechasse antes que fossem identificados. Quando o veículo partiu sem qualquer impedimento, soltou um suspiro.

— Será que eles sabiam que estaríamos aqui?

— Vamos torcer para que não. — A presença de Kojiro deixou um vácuo ao redor deles no vagão.

A primeira meia hora de viagem ocorreu sem contratempos, mas ao chegarem numa área menos povoada, onde a passarela que abrigava os trilhos era a única construção visível, o trem freou bruscamente. Alguns passageiros foram jogados para o lado, bagagens caíram dos compartimentos superiores. Orin e Kojiro se entreolharam, já sabendo o que os aguardava.

A ninja levantou os pulsos algemados para que o irmão a soltasse; já não havia motivos para manter o disfarce. Kojiro

O pranto do ronin 77

puxou sua *katana*, causando um verdadeiro rebuliço no vagão. Livre, Orin correu para a sala de controle do trem. Puxou o cabo retrátil do computador portátil e o conectou ao painel.

Do outro lado do vagão, um samurai que manejava duas lâminas eletrificadas avançou na direção deles. Pelo capacete e quimono inteiramente pretos com o símbolo do xogunato gravado em vermelho, podia-se concluir que se tratava de um dos oficiais de elite, chamados exclusivamente para resolver questões que ameaçavam o Xogum.

— Entreguem-se — ordenou ele.

Os demais passageiros se espremeram na lateral do vagão para lhe dar passagem. Kojiro o observava, imóvel. Enquanto isso, Orin tentava recolocar o trem em movimento acessando o sistema de controle. Depois de duas tentativas frustradas, ela olhou para trás e se deparou com os dois samurais já trocando golpes.

Em um movimento rápido, Kojiro conseguiu cortar uma parte do quimono preto do samurai. Por baixo daquela camada de tecido sintético havia um amontoado de cabos e circuitos. Pouco do corpo verdadeiro fora deixado intocado, por isso o golpe que seria fatal para um humano em nada afetou o adversário de seu irmão. Ele avançou com ímpeto renovado, e o *ronin* não teve como se defender.

— Kojiro! — gritou Orin, angustiada com a chuva de faíscas vinda do irmão.

De maneira automática, a ninja puxou algumas *shurikens* do bolso e as lançou contra o samurai. Com rapidez, ele chutou Kojiro para trás, libertando suas *katanas* para que pudesse se defender. Conseguiu bloquear e desviar todas as estrelas metálicas, que abriam lascas na lataria do trem. Os demais passageiros gritavam, apavorados e amontoados no fundo do vagão.

Enquanto isso, Kojiro cambaleava para se colocar de pé. Lutar contra um guerreiro de elite era suicídio. Tinham que fugir. Orin decidiu abrir as portas de todos os vagões.

Enquanto as pessoas fugiam aos empurrões, ela jogou mais duas *shurikens* sobre o samurai e puxou o irmão para fora do trem. Sobre a passarela, a vários metros do chão, rajadas geladas chegavam a desequilibrá-los.

— Temos que sair daqui. O plano já era!

Kojiro, porém, não estava disposto a correr. Tirou a máscara que cobria seu rosto e encarou a irmã com olhos brilhantes.

— Vou segurá-lo. Você deve entregar as informações aos ninjas!

O coração de Orin saltitou e sua garganta se apertou.

— Não faça isso, Kojiro! Não me deixe sozinha de novo!

Ele riu. Algo que nem imaginava ser capaz de fazer.

— Você me devolveu a capacidade de escolher. — Uma lágrima solitária escorreu por seu rosto. Jogou o casaco para o alto e deixou que o vento o levasse, revelando seu tórax. O cheiro de queimado era forte e, bem no centro do peito, uma luz vermelha piscava ritmadamente. — E agora, eu escolho o meu próprio destino.

Orin também chorava. Kojiro voltara a ser o garoto de antes, decidido e corajoso. Mesmo que a despedida doesse profundamente, ela respeitava sua decisão.

— Estou orgulhosa, *niisan*.

O samurai de elite pulou nos trilhos e ergueu suas espadas. Kojiro deu um último aceno à irmã e se voltou para o implacável adversário. Os dois guerreiros correram na direção um do outro. O *ronin* era um bom espadachim, mas nunca seria páreo para o soldado de elite.

Orin queria ficar e ajudar o irmão, mas se obrigou a correr para longe. A última visão que teve do embate foi Kojiro perdendo sua *katana*, a razão de sua existência, e caindo de joelhos, dominado pelo inimigo. A mão foi até o peito, que ainda piscava, e uma forte explosão sacudiu a passarela, arremessando Orin para o chão.

Ao se recuperar, em meio a tosses, ela se deparou com uma cratera imensa que rasgou os trilhos bem no local onde Kojiro e o samurai lutavam. Tremendo e com os olhos marejados, ela fez uma reverência repleta de pesar.

Algum dia aquela terrível condição em que viviam iria mudar. Algum dia conseguiriam recuperar o que havia sido perdido pelo destrutivo progresso. Ela precisava acreditar que aquilo ainda era possível. A memória de seu irmão e de tantas outras pessoas que lutaram para reaver sua nação serviria como combustível para sobreviver até lá. Retomou a fuga com a promessa de que aquele sacrifício não seria em vão.

A entrega das informações ao comando central ocorreu várias horas depois. Orin teve que mudar seu disfarce e esperar até que a poeira baixasse. Aquele tempo sozinha foi de grande peso para ela, já que não podia se permitir sentir a perda do irmão. Não ainda. Engoliu o choro e seguiu com o plano. Tinha uma missão a cumprir.

Mesmo com toda a cautela, a estação de Kyoto estava repleta de samurais à sua procura. Se ela não fosse uma ninja tão competente, certamente teria sido capturada. Seu aliado a levou para uma das bases secretas dos ninjas naquela cidade. Orin não era familiarizada com o grupo daquela região, por isso não reconheceu os rostos das outras duas pessoas que a aguardavam no esconderijo.

Após receberem o cartão de memória com os dados roubados, dois dos ninjas se retiraram para outro aposento, a fim de analisar as informações contidas ali. Orin ficou na sala, acompanhada de um garoto bem novo, que parecia ter acabado de entrar na organização. Ele assistia à televisão, focado nas notícias que ali eram veiculadas. Orin evitava olhar para a tela, já que o foco do noticiário era, obviamente, o grande caos causado pela explosão nos trilhos do trem-bala. Só de pensar no irmão, sentia seus olhos arderem.

— É verdade que um samurai fez tudo isso? — perguntou o jovem ninja. Parecia curioso e tímido ao mesmo tempo. — Como é possível?

Orin suspirou. Seus ombros pesavam.

— Sim. É verdade. — Sentou ao lado do garoto no sofá da sala. — Ele era meu irmão.

O ninja arregalou os olhos. Abriu a boca para falar, mas Orin o interrompeu.

— Ele conseguiu escapar do controle do Xogum. Era um *ronin*. Salvou minha vida naqueles trilhos.

— Isso é incrível. Nunca imaginei que os samurais pudessem escapar... Se isso for mesmo verdade, então talvez meus pais tenham uma chance... Talvez...

Orin tocou no ombro dele, entendendo bem o que sentia. Tinha muito a agradecer ao seu irmão, que com coragem garantiu que a luta contra o xogunato continuaria. No entanto, o presente mais precioso que Kojiro lhe deixara, e talvez deixara para outros como aquele jovem ninja, era a esperança.

Ela enfim se deu conta de que a vingança ou apenas o desejo de lutar não bastavam. Eram vazios como o mundo do Xogum. No que deveriam focar, e se esforçar para conseguir, era retomar o desejo de viver.

A esperança por dias melhores. Esse seria o legado do *ronin*.

Isa e a Aliança Intergaláctica

Toni Moraes

A lua já se assanhava no céu de Belém, alta o suficiente para que Isabel pudesse vê-la pela janela da palafita onde morava, às margens do rio Guamá. A garota terminava de jantar em meio ao calor que a obrigava a prender seus cabelos pretos e ondulados em um coque alto. Alice, sua mãe, de quem herdara não só os cabelos mas também os olhos escuríssimos e a pele acobreada, monopolizava o ventilador enquanto terminava de se arrumar para o trabalho no hospital.

— Filha, tô indo. Não esquece de lavar a louça depois do jantar.

— Pode deixar, mãe.

— Da última vez, tu disseste a mesma coisa, e quando eu cheguei do trabalho tinha uma pilha enorme na pia. Lembra que…

— Somos só nós duas e a senhora vai me tirar da cama a hora que for pra lavar a louça — completou Isabel, em tom de deboche.

— Tá avisada! Bom, vou indo. Se for preciso, me liga ou manda mensagem, quando der eu respondo. Não dorme tarde, hein!

Alice pegou a mochila sobre o sofá e já ia saindo de casa.

— A senhora não tá esquecendo de nada?

A mãe olhou pra si mesma, depois ao redor e então para a direção que a filha apontava com o pedaço de macaxeira cozida entre os dedos.

— Égua, ia ter que voltar pra buscar isso — disse enquanto pegava de cima de uma mesinha junto à parede o crachá onde se podia ler "enfermeira". — Obrigado, filha. Te amo! Fui!

Isabel mal teve tempo de responder, mas estava acostumada à pressa da mãe. Terminou de comer e, a contragosto, recolheu toda a louça. Para deixar a tarefa menos chata, ordenou ao celular que tocasse a playlist com os seus tecnobregas favoritos, aqueles que adorava dançar.

Vamo lá encarar essa missão.

Depois da louça, verificou se ainda havia alguma tarefa escolar pendente, as provas finais estavam perto e não queria sequer imaginar o risco de reprovar. Como não havia pendências, resolveu se distrair com as muitas redes sociais que usava. Entre curtidas e comentários cheios de emojis, adormeceu em sua cama com o celular sobre o peito.

Acordou com um pulo! Quando viu a luz pelas frestas da janela, pensou estar atrasada para a escola. Nem conferiu a hora, correu para debaixo do chuveiro e escovou os dentes enquanto se banhava. Vestiu-se do jeito que pôde, a blusa do avesso, as meias trocadas. Quando pegou o celular, o susto: viu que ainda era madrugada.

Mas que diabo de luz é essa?

Foi até a janela e a escancarou. A luz forte lhe atingiu e precisou usar a mão como anteparo. Quando conseguiu abrir os olhos novamente, viu por entre os dedos que a luz vinha de alguma coisa sobre o rio. O bairro todo parecia dormir, como seria de se esperar às três da manhã. Quis gritar, mas o susto a fez engolir as palavras.

Será que é assalto? Será que é a polícia? Ah, se for graça dos moleques da rua eles me pag...

O objeto, então, diminuiu aos poucos a intensidade da luz. Quando se deu conta do que via, quase caiu para trás: um objeto preto, não muito maior que um barco popopô, flutuava rente à água, silencioso, camuflado na noite, apenas a luz fraca que agora começava a piscar denunciava sua presença.

Contrariando toda a prudência e o coração que repicava no peito, Isabel saiu de casa e caminhou até o final do trapiche, onde a nave estava.

Ou isso é um sonho ou eu tô ficando maluca.

Nem teve tempo de refletir: uma porta se abriu na nave e ela pôde ver uma silhueta na contraluz. Isabel gelou. A nave manobrou para mais perto e a figura, antes parada, começou a descer pela pequena passarela que se estendeu. A criatura, em um macacão de astronauta, parou a dois passos de Isabel, que estava prestes a desmaiar quando ouviu:

— Tu não sabes o quanto eu sonhei em te conhecer.

Isabel sentiu as pernas fraquejarem, o corpo desfalecer. Tudo girou e num instante veio a escuridão.

O sol que entrava pela janela aberta mal havia tocado seu rosto quando despertou. Isabel olhou ao redor como se precisasse se esforçar para reconhecer aquele espaço tão seu, sua cama, seu quarto, suas coisas.

Que sonho mais esquisito.

Pegou o celular na mesa de cabeceira e quase teve um troço quando percebeu que já havia passado, e muito, a hora da primeira aula.

Eita! Se a mamãe descobrir...

Saiu apressada em direção ao banheiro, mas no caminho viu que não estava só. Alice havia chegado do trabalho e, pela expressão, não estava nada contente. Caminhou em direção a ela, já se desculpando:

— Mãe, me desculpa, por favor, é que eu tive um sonho...

— Calma, Isabel, ela não tá com raiva de ti, essa cara amarrada é pra mim mesmo.

A garota reconheceu aquela voz, era a mesma que ouvira na madrugada. Virou-se bem devagar, o frio na barriga, e quando deu com aquele sorriso, estremeceu.

— Isa, minha filha, essa é a tua avó, Sofia.

Ela encarou a "criatura do espaço". Tantas vezes vira aquele sorriso, aquele olhar, nas fotos que a mãe escondia e que nas tantas noites sozinha em casa Isabel espiava, imaginando como seria aquela mulher que sumira no mundo antes de ela nascer.

— Mas, mas... Não pode ser! A senhora foi embora porque era louca, não é possível que seja minha avó, não...

— Louca? Eu? Alice, foi isso que tu disseste pra ela? Que eu era louca e sumi no mundo?

— É, mamãe, foi isso mesmo. Porque é isso que eu acho que a senhora é! Só muita maluquice mesmo explica o que a senhora fez. E esses anos todos sem dar notícias, sem vir aqui. Eu achei até que já tava...

— Morta? Não, tô vivinha. Mas não foi por falta de tentativa. Aí fora no espaço não é muito diferente daqui. A ganância e a fome por destruição não são exclusividades nossas.

— Espaço? Do que a senhora tá falando? — Isabel, ainda atordoada, sentou-se ao lado da avó no sofá.

— É, mãe, conta pra ela a loucura em que a senhora foi se enfiar.

— Bom, Isabel, diferente do que tua mãe te disse, eu não sou louca. E nem fugi daqui. Eu fui recrutada pela Aliança Intergaláctica em Defesa dos Ecossistemas.

— Que diabo é isso? — A garota se antecipou à explicação.

— A gente cruza galáxias pra ajudar povos de diferentes planetas a defenderem os locais que habitam. Tem gente de toda parte do universo na organização.

— Ah, então é tipo uma ONG, só que com nave espacial. — A avó sorriu com a comparação, até Alice deixou escapar um sorriso. — Mas então a senhora tá de férias e veio nos visitar?

— Não existem férias quando o trabalho é evitar catástrofes, Isabel. Na verdade, eu vim aqui por dois motivos. O primeiro deles é que a Amazônia corre perigo. Não é de hoje, mas a cada dia que passa a situação piora, estamos à beira do colapso.

— Por causa do desmatamento?

— Isso, Isabel. Com o desmatamento, as queimadas, não só a fauna e a flora estão ameaçadas. Os primeiros que sentem o impacto são os povos indígenas, os quilombolas, os ribeirinhos e as pequenas comunidades agrícolas, porque o solo fica empobrecido, acontecem as erosões e os rios são afetados. Mas todo o planeta tá em perigo! As florestas são grandes reguladoras da temperatura, com elas no chão, isso aqui não vai parar de aquecer. Se a gente não agir, pode chegar o dia que vai ser inviável viver na Terra.

— E por que só agora vocês aparecem, mamãe? — Havia indignação no tom de Alice.

— Nós viemos outras vezes, filha, mas não podemos dar conta de tudo, o universo é gigante e a organização não é tão grande assim, o que me leva ao segundo motivo pelo qual tô aqui.

— Não! Nem pensar! — respondeu Alice, já inferindo o que Sofia diria.

— Mas nem pensar o que, mãe? Deixa a vovó falar.

— Tu pudeste fazer a tua escolha, Alice, não tira isso dela. Sabias que esse momento ia chegar — disse Sofia, colocando o braço sobre os ombros da neta ao seu lado.

Alice levou a mão à testa, bufou e fez um sinal como quem diz: "vai, fala". Sofia seguiu:

— Isabel, minha neta, eu tô aqui pra te recrutar pra Aliança.

— Eu?! Mas… mas por que eu?

— Porque a organização é composta por pessoas ligadas aos povos originários de cada lugar que ajuda na luta — Alice respondeu, pra surpresa da mãe e da filha. E continuou: — Isa, eu não vou te proibir de partir, mas queria que tu pensasses bem no que isso significa. É uma decisão muito séria, que vai impactar todo o resto da tua vida.

— Tua mãe tem razão, é uma escolha que vai mudar tudo, a certeza tem que tá aí dentro de ti. É muito difícil lutar contra o poder, a destruição, a opressão, mas resistir é preciso.

— Há uns minutos eu nem sabia que tinha avó viva, agora tô aqui tendo que decidir se devo ir pro espaço ou não pra lutar contra nem sei o quê. — A mãe e a avó riram da reflexão.

— Não precisas dar a resposta agora, Isabel. Tira uns dias pra pensar — disse Sofia, com ternura. — Se tua mãe concordar, te levo pra conhecer a nave-mãe.

Isabel lançou a Alice um olhar de quem implora por algo em silêncio.

— Meu Deus, eu nem acredito que vou dizer isso. — Alice sacudia a cabeça de um lado a outro. — Pode ir, Isabel, eu ligo pra escola e digo que vais faltar, já perdeste quase toda a manhã mesmo...

— Ah, nem acredito! Obrigada, mãe! — Isabel levantou-se do sofá e correu para abraçar a mãe.

Sofia também se levantou e foi até as duas, que se desabraçaram. Tirou do bolso e estendeu à filha um dispositivo que parecia uma caneta. Alice pegou o objeto.

— Aperta — ordenou Sofia, e Alice obedeceu. A pulseira no braço esquerdo de Sofia começou a emitir um sinal luminoso. Ela apertou um botão no acessório e imediatamente apareceu um holograma que mostrava a Terra e nela um pontinho na América do Sul, na Amazônia, em Belém, onde estavam, com uma série de informações como coordenadas e dados sobre a atmosfera e o clima. — Agora temos esses comunicadores. Eles enviam mensagens de texto e voz também. Quando quiser que eu traga a Isabel de volta, é só chamar. Agora preciso buscar um traje espacial pra ela. Parei a nave aqui perto, no Beco do Vai Quem Quer, com a camuflagem nova ela fica praticamente invisível, ninguém vai perceber a gente.

— Mamãe, por favor, cuidado com a Isa. É só uma garota.

— Minha filha, não se preocupe, se ela puxou pra ti, pra todas as mulheres da nossa família, ela é mais que "só" uma garota. Tu sabes disso.

Alice concordou com a cabeça, e as três se abraçaram. Sofia saiu em direção ao beco, e Isabel correu para o banheiro enquanto sua mãe, no sofá, passava o comunicador de uma mão à outra pensando se havia tomado a decisão correta.

* * *

A viagem da Terra à nave-mãe da Aliança seria curta. Isabel nunca havia voado antes, mas não levou muito tempo para se habituar à sensação, o traje parecia feito sob medida. Quando percebeu que estavam saindo do planeta rumo à escuridão do espaço, a barriga gelou. Espiava a "bolota azul" enquanto se afastavam.

— É linda, né?

— O que, vó?

— A Terra vista daqui.

— É linda mesmo… Foi por isso que a senhora escolheu se juntar à Aliança?

— Também, Isabel, mas escolhi me afastar de tudo que eu amava, em especial tua mãe, porque acredito que esse pode ser um lugar melhor pra ela, pra ti e pra todo mundo que vive aí.

— Eu também acredito, vó. — A garota sorriu, a avó retribuiu o sorriso.

— Fico feliz de ouvir isso, Isabel, mas nunca te esquece de que é preciso mais que acreditar, é preciso lutar por isso.

— Não vou esquecer.

Isabel ficou encantada com a nave-mãe. Tentou se lembrar do maior navio, do maior edifício que já vira, mas nada era páreo para aquela imensidão à sua frente. Sofia solicitou permissão para pouso, e os controladores logo liberaram que sua nave adentrasse a abertura na lateral, onde havia uma doca com outras naves.

— Toma, vais precisar disso. — Sofia colocou na testa de Isabel uma espécie de tiara e na sua, uma igual. — Aperta esse botão aqui. — Ela apertou e a neta a imitou. — Com isso, tu vais conseguir entender tudo que te comunicarem e vice-versa.

— Que demais! Queria levar uns desses pros meus amigos, às vezes é difícil de entender as besteiras que eles falam.

Sofia riu da neta enquanto desligava os sistemas da nave. As duas desceram na doca e, depois de passarem pela sala de pressurização, ganharam os corredores da instalação.

A avó explicava à neta o que era cada coisa na nave e qual o papel de cada setor na organização e na proteção dos ecossistemas. Isabel ficou encantada em ver tantas criaturas diferentes: com três cabeças, sem cabeça, quatro braços, oito tentáculos e outras estruturas corporais que ela nem saberia nomear. Eram criaturas de todas as cores, tamanhos e formatos trabalhando misturadas em diferentes equipes.

— Sofia, bem-vinda de volta! Como tá a nave?

As duas pararam.

— Ah, tá ótima, Zy-A. A nova tecnologia de camuflagem é uma beleza. Muito obrigada!

Isabel olhou ao redor, mas não identificou de onde vinha a voz, que parecia mais um pensamento em sua mente que uma voz em seu ouvido.

— Ah, que bom, mas ainda temos melhorias a fazer. Se precisar de mim, estarei no laboratório. Seja bem-vinda também, Isabel.

A garota fez uma careta de espanto e nem precisou perguntar à sua avó, que já foi respondendo:

— A Zy-A se comunica por telepatia, Isabel, como todo mundo na lua de onde ela vem. É nossa chefe de desenvolvimento de novas tecnologias.

— Tá, mas… onde ela tá?

— Ninguém nunca sabe. A tecnologia de camuflagem da nave é feita com base no que seria o equivalente nela à nossa pele. Ela é invisível aos olhos da maioria dos outros seres.

— Caramba, vó, meu sonho!

Retomaram o passeio aos risos. Depois de algum tempo alcançaram uma sala grande, redonda, onde várias das criaturas conversavam entre si. Uma delas veio ao seu encontro.

— Saudações Ykritinianas, querida Sofia. Vejo que você trouxe a sua recruta.

— Isabel, muito prazer. — A garota estendeu a mão direita, e o ser à sua frente, muito parecido com uma lula, estendeu um dos braços.

— Ah, eu adoro esses cumprimentos humanos. Muito prazer, eu sou Ykralon.

— Querido, a Isabel ainda não é nossa recruta, ela veio conhecer nossas instalações e nossa organização pra tomar a decisão.

— Ótimo. Escute seu coração, garota. Na minha vez de escolher foi o que fiz, e olhe que tenho três deles. — As duas sorriram e Isabel inferiu que, pelo barulho que Ykralon fazia, também estava sorrindo, do seu modo.

Uma sirene começou a soar, interrompendo o riso. Luzes vermelhas piscavam por todo lado. Sofia levantou sua pulseira, Ykralon fez o mesmo. Um holograma surgiu e mais uma vez era a Amazônia que aparecia em destaque. Isabel não demorou a reconhecer o mapa do estado de Roraima.

— O que tá acontecendo, vó?

— Garimpeiros ilegais tão atacando as aldeias yanomamis no Palimiú e uma das lideranças tá pedindo ajuda! É o Chico Thëri, ele é nosso aliado em terra. Precisamos correr.

— Ykralon, tu vens na nave comigo.

— E eu, vó?

— Tu ficas aqui, Isabel. Pode ser perigoso lá e não tens treinamento.

Isa e a Aliança Intergaláctica

— Poxa, vó! Deixa eu ir, por favor!

— Não, Isabel.

A garota ficou chateada, mas se resignou. Sofia a acomodou em seu dormitório e foi até a sala de missões para se inteirar do plano de ação. Meia hora depois, abriu a porta e encontrou a neta deitada na cama, distraída com os seus livros holográficos.

— Hoje é teu dia de sorte, Isabel. — Sorriu para a neta. — Vamo, levanta, hoje eu vou ficar na retaguarda e tu vais poder ir comigo.

— Égua, eu nem acredito! Que demais!

Prontas, voltaram às docas para uma rápida vistoria na fuselagem e varredura nos sistemas: estavam aptas a partir junto às outras sete naves que decolaram rumo à Terra.

Em pouco tempo adentravam a atmosfera do planeta e, quando se aproximavam do local indicado, uma curva do rio Uraricoera, no norte de Roraima, Sofia avistou o acampamento dos garimpeiros ilegais que ameaçavam as aldeias. Eram muitos homens, bem equipados e municiados. Sofia temeu terem subestimado a situação. Alguns deles já estavam na outra margem do rio, descampada, bem próximos dos assentamentos indígenas, outros subiam e desciam a correnteza em lanchas e balsas, atacando as aldeias.

— Atenção, unidade, meu radar identificou dezoito lanchas e balsas — Sofia alertou a equipe pelo transmissor.

— Eu contei vinte, vó. — Sofia olhou para a neta. — Olha ali, tem duas escondidas depois da curva do rio que não tão aparecendo nessa tela.

— Corrigindo, são vinte transportes, equipe — a avó corrigiu a informação sem conseguir esconder uma ponta de orgulho da neta. Depois, dirigindo-se só a ela, disse: — Eles são mais que o dobro de nós! Eu preciso descer mais pra ajudar.

As naves, protegidas pela camuflagem, passavam desapercebidas pelos céus e, quando receberam a ordem de neutralizar os garimpeiros, dispararam suas munições não letais: uma espuma que se expandia sobre o corpo dos homens, paralisando-os totalmente, e pulsos eletromagnéticos que cessavam o funcionamento das embarcações. Os garimpeiros não entendiam de onde vinha aquilo e começaram a revidar a esmo.

Sofia e Isabel sentiram o impacto de uma explosão que abalou o funcionamento dos motores e sistemas.

— Vó, o que tá acontecendo?!

— Se segura, Isabel, a gente vai ter que pousar à força!

Sofia segurou firme o manche e manobrou a nave, conseguindo evitar maiores danos na queda, mas os sistemas ficaram prejudicados e a camuflagem falhou.

Caíram perigosamente perto de um grupo de garimpeiros que conseguira atravessar o rio. Quando eles avistaram a nave, correram em direção a ela, intensificando o ataque que se fazia sentir no tamborilar de sua lataria. Sofia, pelo visor, notou que um dos homens estava perigosamente perto. Ela fechou os olhos e abraçou a neta. Ouvia os passos do homem lá fora enquanto pensava o que fazer. Mas nem teve tempo de elaborar um plano: o garimpeiro sentiu um golpe que o levou ao chão, atordoado. Ao redor, os agressores, um a um, caíam imobilizados como que por mágica.

De repente a escotilha da nave se abriu. As duas, ainda abraçadas, abriram os olhos mas nada viam. Até que, aos poucos, surgiu o rosto de Chico Thëri à sua frente.

— Chico! Que alívio te ver!

— Vocês podem sair agora, Sofia, tá tudo sob controle.

Chico ajudou as duas a saírem da nave avariada, e Sofia o abraçou como quem encontra um velho amigo. No descampado, aos poucos, os guerreiros e guerreiras yanomamis tiravam suas mantas de invisibilidade e desligavam a mesma tecnologia em suas bordunas.

—Vocês adaptaram bem a tecnologia da camuflagem, Chico.

— Graças à Zy-A. E tem muito mais coisa, Sofia, vem com a gente na aldeia pra eu te mostrar. — Chico olhou para Isabel e sorriu: — E essa guerreira nova, quem é?

— Eu sou a Isabel, obrigada pela ajuda. — A garota batia a poeira do traje.

— É minha neta, Chico.

— Ah, é? Bem que são parecidas. A gente logo vê que tem brio. Mas, escuta, já tem idade pra fazer parte da Aliança?

— Ela ainda não...

— Sim, já tenho idade, e também muito orgulho de fazer parte da Aliança.

Sofia encarou a neta, a felicidade transbordando de seus olhos.

— Então já tomaste tua decisão, Isabel?

— Depois do que vi aqui hoje, vó, não tem como ser outro o meu caminho: quero me juntar à luta, é isso que quero pra minha vida.

As duas se abraçaram. Ao redor, as naves começavam a pousar, já sem a camuflagem, para ajudar com os garimpeiros imobilizados pelas resistentes cordas de cipó dos yanomamis. Sofia não escondia a satisfação com a neta.

Já na aldeia dos yanomamis, tomando o delicioso mingau de banana que Chico ofereceu a todos, a pulseira de Sofia alertou: Alice chamava.

— É a tua mãe, deve estar preocupada. Vais contar o que aconteceu aqui?

— Eu vou, vó. Entre mim e ela não tem segredos.

— Faz muito bem, Isabel.

— Eu não entendo, vó... Por que ela não quis ir com a senhora quando teve a chance?

— Ah, minha filha, ela teve seus motivos. Não quer dizer que ela não lute. Em todo lugar a gente pode combater, cada um com suas armas, do seu modo.

— É, acho que a senhora tá certa. — A garota tomou mais um gole do mingau na cuia. — Mas, vem cá, quando começa o treinamento?

— Ele já começou, Isabel. E tu estás te saindo muito bem. Agora termina esse mingau pra gente ir contar a novidade pra tua mãe.

— É pra já!

Sofia sorriu para a garota, que levou o resto do alimento à boca. Não poderia estar mais orgulhosa. No que dependesse delas, do povo da floresta e de toda a Aliança Intergaláctica em Defesa dos Ecossistemas, a Amazônia continuaria de pé.

Rebento

Vic Vieira Ramires

Faz quatro anos desde que mamãe me contou que papai havia se transformado em uma árvore. Eu tinha doze anos e estava deitada no quarto com um mapa holográfico em mãos, observando as constelações derramadas no escuro do espaço. Minha pequenez se aguçava diante daquela imagem, e eu me via ali, um pontinho no meio do nada. A espécie humana havia se derramado também para outros planetas e luas, rastros luminosos de propulsão e consciência. Ao ouvir a notícia, senti o peito inflar como um gigante gasoso, desinflando com um suspiro que virou um choramingo indignado. Eu já tinha idade suficiente para entender que às vezes a matéria do nosso corpo vira outro tipo de matéria antes do tempo. Era essa temporalidade distorcida que parecia injusta. Mamãe havia me embalado no colo, dizendo que ele não havia sentido dor alguma. *Amora, meu amor, ele descansou em um sono tranquilo*. Baixinho, eu esbravejei contra as leis da física.

Papai sofria de uma condição rara após ter se infectado com esporos em uma missão nos pântanos de Ganimedes. Lembro de acompanhar sua transformação no hospital quando era criança. O sangue em suas veias lentamente se espessando em uma seiva leitosa. Seus olhos castanhos e mornos se enrugando aos poucos como os sulcos de uma casca de canela. Papai cheirava a terra fresca quando me disse seu último *te amo, meu rebentinho*, e, quando eu o visitei já enraizado no solo do templo, chorei como a chuva, imaginando que o ciclo das águas em mim ainda viveria também no corpo-árvore de papai.

Éramos uma família de cientistas e exploradores inquietos. Tomás, meu irmão de dezessete anos, estudava em uma escola técnica para jovens que ansiavam por uma carreira na engenharia aeroespacial. Mas volta e meia ele se perguntava se não estava se acomodando, seguindo os passos de nossos avós e bisavós, estrelas da astronáutica marciana. Tomás, assim como eu, gostava mesmo era de botar a mão na massa bagunçada das ciências biológicas.

O trabalho de mamãe em um centro de pesquisa micológica era fonte inesgotável de causos que nos entretinham mais do que as novelas venusianas. Intrigas acaloradas quando uma mutação desviava das previsões, bugs inexplicáveis nos computadores que rodavam as simulações, experimentos que rendiam desafios com bebidas fermentadas ilegais e, claro, como mamãe se safava de qualquer repreensão porque os resultados que sua equipe entregava eram sempre impecáveis.

Assim que completei dezesseis anos, sentindo-me entediada com os currículos escolares marcianos, fiz uma busca por todos os programas científicos de aprendiz com inscrições abertas. Temporadas nas cidades flutuantes de Vênus, estágios nos laboratórios astrofísicos de Saturno, missões nos submarinos de pesquisa oceanográfica de Titã. Passei um dia inteiro preenchendo formulários. Tomás me ajudou, interessando-se cada vez mais por mudar de rumo também. No fim do dia, havíamos selecionado como favorito um programa que oferecia uma bolsa completa e permitia que eu e Tomás fizéssemos a inscrição como dupla.

A missão era de exploração e restauração em Zagir-27, uma pequena lua artificial abandonada nas imediações de Júpiter. A região havia sido arquitetada por um conglomerado de biotecnologia há mais de três décadas para fins comerciais e depois foi largada à própria sorte quando a empresa faliu. No último ciclo, um satélite marciano de monitoração havia captado sinais incomuns na lua, que havia permanecido um pontinho rochoso adormecido desde o abandono. Após uma primeira missão robótica para avaliar os níveis de risco do local, uma segunda missão estabeleceu uma estação na maior ilha da lua, que era coberta por um único oceano raso. O programa de aprendiz estava recrutando adolescentes com um registro escolar de excelência para se unir à etapa de mapeamento do terreno, coleta de amostras e assistência aos cientistas experientes. Estávamos confiantes e entusiasmados.

Quando a mensagem de aprovação chegou a nossos terminais alguns meses depois, apitando junto com o despertador, quase matamos mamãe de susto ao irromper na cozinha aos berros. Ela nos parabenizou com os olhos marejados. Acho que ela sentiu uma pontada de angústia, lembrando-se da última missão de papai. Tomás se apressou a recitar todos os protocolos de segurança do programa, memorizados até os últimos dígitos.

Duas semanas depois, após uma sessão intensa de preparativos e uma montanha de papelada digital, mamãe estava nos acompanhando até a estação de partida. Ela nos beijou, nos abraçou bem apertado e nos desejou bons estudos. Ficaríamos com saudades, sim, nos falaríamos sempre que possível, a conexão pode engasgar, mas mandamos sinal de vida, claro, pode deixar, mamãe, também te amamos, até breve, até.

A estação de pesquisa era bem maior do que eu imaginava. A lua inteira era bem maior do que eu imaginava. Ainda era um corpo celeste pequeno em comparação aos vizinhos, mas é fácil perder noções de referência fora de um abraço gravitacional planetário. A ilha era recoberta por um domo de proporções colossais. A estrutura servia de proteção da radiação do espaço sideral, abrigo para a atmosfera respirável e a pressão adequada aos nossos corpos. Atracamos em um porto minúsculo, uma bolha acoplada ao domo que nos daria passagem segura. Quando pisei no solo, as botas pesadas afundando na terra fofa e os arbustos alcançando meus joelhos, e inspirei livremente pela primeira vez, soube que havia tomado a decisão certa. A diversidade de plantas viçosas e coloridas desafiava a classificação daquela lua como uma ruína. Destacando-se em meio à vegetação, a estação de pesquisa era uma construção de paredes brancas cheias de encaixes hexagonais e tetos abobadados. Parecia tão sólida e firme como se tivesse brotado ali mesmo.

Fomos recebidos pela equipe com abraços e animação. Uma mulher baixinha se apresentou como a cientista líder e nos guiou pelos laboratórios, áreas comuns e cômodos privados onde dormiríamos. O primeiro sono veio com dificuldade mesmo após a longa viagem interplanetária. Minha cabeça resistiu, os fogos de artifício do entusiasmo ainda estourando, uma constelação luminosa atrás dos olhos como as que eu memorizava quando era mais nova, traçando as linhas imaginárias no ar.

Logo aprendi que o trabalho podia ser repetitivo em sua mecânica, mas nunca enfadonho. A exploração do terreno sempre nos proporcionava algo inesperado. Havia beleza naquelas ruínas, mesmo nos pedaços de maquinário quebrado e enferrujado, recobertos por camadas verdejantes de musgos e ervas daninhas. O ar úmido se assemelhava ao de uma floresta tropical, algo que eu só conhecia dos livros de geografia sobre a Terra e suas riquezas devastadas.

Também aprendemos a lidar com os sistemas computacionais, como utilizá-los, identificar problemas e ler os resultados. A vantagem é que a inteligência artificial da estação fazia o trabalho pesado por nós. O programa havia sido atualizado com um novo módulo para acelerar as pesquisas. O grande volume de dados coletados pelos sensores espalhados pela ilha passava por um pente fino que eliminava ruídos e anomalias, nos apresentando relatórios e bancos de dados já limpos e organizados. Um dos cientistas nos mostrou um exemplo do que era descartado, com um sorriso largo que transparecia o quanto aquele módulo havia facilitado sua vida, abrindo um dos milhares de logs de backup e apontando para as linhas vermelhas que haviam sido marcadas como anomalias. Um bloco delas, ele explicou abrindo também um mapa do local, indicava um tremor violento seguido de uma liquefação magmática que seriam impossíveis na geologia daquela lua. Tomás ficou ressabiado, mas o cientista o acalmou, dizendo que aquele modelo de IA era de última geração e a margem de erro, infinitesimal. Não havia o que temer, estávamos em boas mãos e com uma equipe de primeira.

O mapeamento era feito com cuidado. As pesquisas anteriores haviam detectado um organismo distribuído similar a um fungo que hibernava no subterrâneo. Um organismo artificial como a lua. O conglomerado que o construiu estava experimentando um novo sistema vivo e autorregulável de terraformação. Quando a empreitada se mostrou muito mais cara do que o previsto e os resultados não atenderam as exigências de lucro do negócio, foi mais fácil abandonar a lua inteira do que tentar reverter ou reaproveitar o material. O conglomerado seguiu para outros experimentos, que foram fracassando um após o outro, levando-o à falência, e a lua permaneceu esquecida.

Mas eram as configurações do terreno que me fascinavam. Muitas camadas ainda eram um mistério. Quais partes haviam sido implantadas por mãos humanas, e quais haviam emergido dos processos metabólicos do organismo entranhado no solo, expandindo-se, comendo a terra e regurgitando nutrientes, refazendo-se até o âmago de suas moléculas programadas para fazer brotar uma superfície produtiva e adequada às atividades humanas. Uma teia complexa de fios embaraçados. Eram tantos cálculos fabulosos que surgiam na tela holográfica que se projetava do comunicador em meu pulso que eu me sentia atordoada com as possibilidades. Mas sempre recebíamos ajuda dos cientistas que nos supervisionavam e fui pegando o jeito aos poucos, perdendo o medo do desconhecido aos poucos. Tomás era mais apegado à bioquímica dos materiais. Eu estava me afeiçoando mais à configuração espacial, à topologia daquelas camadas de terreno planejado e mutante, imaginando lê-las como um origami.

Era cedo quando saímos sozinhos pela primeira vez para mapear uma das áreas remotas ainda inexploradas da ilha. Após acumular uma carga horária pesada, agora poderíamos partir sem o acompanhamento obrigatório dos supervisores. Os cientistas estavam cada vez mais atarefados com seus estudos e confiavam em nossa habilidade e nosso registro de incursões bem-sucedidas. Ficamos extasiados com a nova liberdade, mas também sabíamos que isso significava uma responsabilidade maior. Um equilíbrio que mamãe havia nos contado ser indispensável.

— Vou sentir saudades — ela nos disse na noite anterior à nossa partida —, mas não criei vocês para que ficassem enclausurados em Marte.

— Jura? — Fingi surpresa levando a mão ao peito. — Mas eu achava que continuaria morando aqui de graça para sempre!

Tomás deu um tapa no meu ombro. Mamãe riu e continuou:

— Cultivei em vocês a mesma inquietação que não me deixou sossegar o facho até me tornar a cientista que sou hoje.

Tomás emendou:

— A que tá sempre enlouquecendo os supervisores do Cinturão Catedrático com experimentos mirabolantes!

Nós desatamos a rir e mamãe agarrou Tomás pelos ombros para bagunçar seu cabelo.

— E também a que tem um prêmio da Academia Xenobiológica de Oort que é do tamanho da sua cabeça — respondeu ela sem conseguir conter a risada e o soltou, deixando-o com o cabelo igual um ninho de pombo. — O que estou tentando dizer é que vocês devem se cuidar e ter responsabilidade, sim. Mas nunca abram mão dessa inquietação, essa coceirinha no fundo da mente. Ela é valiosa e, com sorte, vai acompanhá-los pelo resto da vida.

Agora éramos apenas eu e Tomás em meio à mata selvagem de um experimento abandonado. Caminhar era um bálsamo. O brilho alaranjado do amanhecer se espraiava no horizonte, parecendo queimar a borda do oceano, uma ilusão projetada pelo sistema que regia os ciclos de luz do domo da ilha.

Após atravessar uma região densa de matagal e uma faixa de terreno alagado, chegamos ao local demarcado no guia, uma clareira em meio a árvores que pareciam mais antigas do que a própria lua. O solo descoberto formava uma leve depressão margeada por pedaços de maquinário que despontavam da terra como ossadas metálicas de bestas mecânicas pré-históricas.

Apoiamos as mochilas no solo, pegamos nossos instrumentos e começamos a fazer as observações e anotações, registrando varreduras tridimensionais do terreno, coletando amostras, analisando a composição e comparando com amostras de outros solos. Descontraídos, papeávamos sobre o que comeríamos no almoço quando a terra escura no meio da depressão começou a se agitar.

Estremecendo, a porção de solo criou padrões de ondas concêntricas que eram engolidas pelo vórtice que se formava no centro. Tomás estava agachado ao pé de um longo pedaço de metal enferrujado quando a terra se sacudiu e ele caiu de bunda no solo. Confuso e assustado, Tomás tentou se levantar, mas sem terra firme para se apoiar, suas pernas foram tragadas.

Apavorada, olhei ao redor e avistei uma trança de cipós e folhas que pendia do tronco de uma árvore. Parecia resistente o suficiente. Corri e puxei com força o trançado fibroso para soltar, dei a volta no tronco amarrando e firmando um apoio e joguei a ponta para Tomás. A terra já tentava mastigá-lo na altura da cintura, mas Tomás conseguiu agarrar a ponta da trança e se arrastar para fora.

Ele caiu sentado ao meu lado, ofegante e com os olhos arregalados. Quando voltamos a atenção para a depressão, a terra havia parado de estremecer e começado a borbulhar como um mingau fervente. O fenômeno era inacreditável. O solo se comportava como um líquido, então voltava à consistência de terra firme para logo depois se derreter em uma caldeira viscosa. Era isso, pensei na hora. Era o exemplo que o cientista havia nos mostrado nos computadores. As linhas vermelhas de dados que o novo módulo da IA ignorou e ocultou dos relatórios finais, achando que era uma anomalia irrelevante. Meu estômago deu uma cambalhota. Talvez desvios aberrantes não devessem ser descartados, mas investigados a fundo para que não restasse dúvida. Para não colocar o sistema inteiro em risco de colapso. Minhas pernas bambearam diante da possibilidade.

Mas o mistério não havia se dissipado. Não existia atividade tectônica naquela lua. Enquanto eu vasculhava mentalmente minhas referências geológicas em busca de uma resposta, finos tentáculos verdes emergiram do lodo borbulhante. Os tentáculos eram compridos e estriados por riscos avermelhados, abrindo-se em um lado só com minúsculas pétalas que se assemelhavam a dentículos. Não percebi quando Tomás pegou um galho seco para cutucar o tentáculo e mal tive tempo de pular para impedi-lo antes do tentáculo agarrar o galho das mãos dele e golpear nós dois de volta na cara.

Desnorteados, cambaleamos para trás, e o tentáculo sumiu com o galho no lodo. Eu fiquei tão indignada que soltei uma risada nervosa. Seria esse o legado da nossa primeira missão livre em Zagir-27? Quase afundar no redemoinho de lodo e levar uma galhada na fuça.

Talvez a raiva tenha intensificado minha percepção, ou eu simplesmente não me importava mais com o que acontecesse em seguida, mas fui engatinhando até um dos tentáculos caído na beirada da depressão e percebi que aquilo não era tentáculo coisa nenhuma. Era um caule que imitava um tentáculo. A superfície rugosa ainda se transmutando de cores como um polvo camuflando-se do inimigo, dando seu último suspiro instintivo. As pétalas abertas em uma fileira de dentes eram macias ao toque. A criatura da qual brotavam aqueles apêndices estava se defendendo de nós, provavelmente se revirando inteira de puro medo. O tremor passado poderia ter sido também uma reação às missões que haviam acontecido nos arredores daquela clareira.

Agora que eu sabia o que deveria estar procurando, olhei para os pedaços enferrujados de maquinário como o que eles realmente eram: gigantescas espinhas metálicas enfiadas no corpo mole da criatura que repousava no subterrâneo e agonizava com cada perturbação do terreno. Mesmo as mais sutis, como a dos nossos passos.

— Tomás, pega a trança amarrada na árvore e me ajuda a puxar esse ferro-velho todo para fora!

Tomás abriu a boca para contestar, mas eu o cortei, impaciente:

— O organismo não está nos atacando, está se defendendo! A gente precisa ajudá-lo!

Uma faísca de entendimento cruzou seu olhar. Ele assentiu e foi pegar a trança.

Reunindo toda a força que ainda restava em nossos músculos, puxamos cada um dos pedaços quebrados de máquina para fora da terra com a ajuda da trança e de alavancas improvisadas com galhos e pedregulhos. A terra se agitava como quem queria gritar, mas não tinha boca. A ausência de caules-tentáculo ameaçadores me fez interpretar que a criatura havia entendido que tentávamos libertá-la daquele tormento. Eu murmurava uma sequência atropelada de *desculpa, sinto muito, já vai passar* enquanto puxava o último ferro-velho para fora da terra, parte de uma escavadeira carcomida pela erosão.

Exaustos, nos sentamos sob a sombra fresca de uma árvore para recuperar o fôlego.

— O que você acha que tem lá embaixo? — perguntou Tomás.

Como se em resposta, um caule maior do que aqueles que imitavam tentáculos brotou rasteiro, erguendo-se com os movimentos sinuosos de uma cobra, trazendo algo enrolado na ponta. Veio até onde estávamos e encostou na minha mão, como se pedisse para que eu a abrisse. Quando o fiz, o caule depositou uma semente em minha palma. Um carocinho roxo e amendoado de superfície áspera, do tamanho da unha do meu polegar. Antes que eu pudesse fechar a mão para guardar a semente, ela se partiu e da fenda nasceu algo que eu nunca havia visto. Uma fibra verde, carnuda e retorcida. Na ponta, um embrulhado de membranas como um botão de flor desabrochou. Pétalas translúcidas ao redor de um núcleo gelatinoso incandescente. Parecia vivo como a terra que se estremeceu em mingau.

— Ela nos deu um… broto? — Tomás parecia mais confuso do que antes.

— Um rebentinho — respondi com um sorriso, sabendo que o rumo de nossa pesquisa estaria para sempre transformado quando chegássemos à estação com aquele filhote, um gesto de camaradagem interespécie.

Explorando mundos paralelos

O conto, algumas características dessa forma tão popular

Um conto é uma narrativa de extensão curta. Assim, o desafio do conto é narrar uma história breve com início, meio e fim, capaz de nos emocionar e nos apresentar mundos. Um conto possui o poder de nos transportar a um mundo em poucas páginas.

As origens desse formato vêm de muito, muito tempo atrás. São as histórias populares, geralmente anônimas, que foram transmitidas de geração em geração, de forma oral. Ao longo dos séculos, essas histórias se transformaram em literatura escrita, a exemplo das narrativas maravilhosas do *Livro das mil e uma noites*.

A seguir, já associadas a uma produção autoral, surgem histórias com animais falantes e que transmitem uma moral. Alguns exemplos são as fábulas do francês La Fontaine — uma bem famosa é "A Lebre e a Tartaruga". Charles Perrault, outro francês, também ficou conhecido pelo tratamento literário que deu aos chamados contos de fadas, como "O Gato de Botas" e "Chapeuzinho Vermelho". Vale lembrar que o medo sempre marcou presença nesse universo: embora sejam narrativas maravilhosas, costumam ter a função de transmitir aprendizados e, assim, monstros e outros perigos sempre se apresentam, ajudando a cumprir esse objetivo.

Uma das vantagens dos contos é a facilidade de leitura — por exemplo, cabem numa viagem de ônibus indo à escola e cabem dentro de jornais diários, revistas e blogs. Antes da era do rádio, contos eram lidos em voz alta em reuniões familiares ou enquanto outras pessoas cuidavam de afazeres domésticos. A ficção científica irá se aproveitar dessa facilidade. No início, os contos foram essenciais para a veiculação dessas narrativas, até mesmo para testá-las antes de serem publicadas de forma mais extensa: o livro de contos *Eu, robô*, de Isaac Asimov (1950), foi publicado antes de forma seriada, e o conto "Encontro no amanhecer" (1953), de Arthur C. Clarke, foi a base para o clássico *2001: Uma odisseia no espaço*.

Agora, veja o que essas narrativas breves precisam ter em sua forma clássica:

- Início: as personagens são apresentadas e temos um vislumbre do que acontecerá na história;
- Desenvolvimento: acompanhamos as aventuras dessas personagens, com direito a perigos e descobertas;
- Clímax: é o momento mais intenso, em que as personagens podem tomar posições, fazer mudanças ou se deparar com algo inesperado;
- Desfecho: é a despedida desse mundo ficcional, com algum ensinamento crítico da leitura ou uma descoberta nova, que podem estimular a vontade de ler outra história.

Narrativas mais extensas que o conto são o romance, a novela e a noveleta. O Prêmio Hugo, uma das premiações mais importantes da ficção científica, estabelece uma quantidade de palavras para cada tipo de narrativa: romances teriam mais de 40 mil palavras; novelas, entre 17,5 mil e 40 mil palavras; noveletas, entre 7,5 mil e 17,5 mil palavras; contos, até 7,5 mil palavras. Para exemplificar, neste livro, a narrativa *Fim dos tempos*, de Alexey Dodsworth, possui a extensão de 3,1 mil palavras.

Menos palavras não significa menor valor literário. *A metamorfose*, de Franz Kafka, possui 23 mil palavras (extensão de novela) e tornou-se um clássico da literatura em alemão. A maioria dos contos de Jorge Luis Borges, grande escritor argentino, não passa de 5 mil palavras. Nos pequenos frascos, podem estar os melhores perfumes.

Afinal de contas, o que é ficção científica?

A ficção científica ocorre quando a literatura medita sobre a ciência. Quando a literatura sonha com novas descobertas e debate questões éticas. É um tipo de narrativa popular, uma irmã caçula dos folhetins, feita para ser vendida em bancas de jornais e em terminais de trens, com papel mais barato, para alcançar o maior número possível de pessoas.

Não é muito simples estabelecer quando a ficção científica se inicia. Mas duas marcações são conhecidas: com *Frankenstein ou o Prometeu moderno*, de Mary Shelley (1818); ou com as revistas *pulps*, circulando nos Estados Unidos a partir da década de 1920, como a *Amazing Stories*. Nessa época, o nome "ficção científica" era comum entre editores, escritores e leitores.

Houve uma explosão do gênero quando o cinema popularizou a ficção científica e apresentou-a a multidões — *2001: Uma odisseia no espaço*, *Blade Runner*, *Matrix* e *Duna* são exemplos de filmes que tiveram a origem na literatura, seja como inspiração ou adaptação direta.

A ficção científica no Brasil já possui uma longa trajetória. Geralmente, marca-se o início com *Três meses no século 81*, de Jerônymo Monteiro (1947). Neste período inicial, publicaram André Carneiro, Dinah Silveira de Queiroz, Fausto Cunha, Rubens Scavone, Rachel de Queiroz, entre outras autorias.

No país no qual o acesso à leitura não é amplo, essa literatura popular demorou um pouco mais para fazer sucesso. Até hoje, títulos importados são mais lidos que os nacionais. No século XXI, a ficção científica nacional conheceu um impulso com muitas revistas digitais, pesquisas acadêmicas e novas editoras especializadas.

Sonhar a ciência é essencial para o desenvolvimento de uma sociedade. Este livro faz parte desse sonho.

Os contos e seus mundos

"Fim dos tempos", de Alexey Dodsworth

Há vida em outros planetas? Essa é uma pergunta conhecida na ficção científica, que Amanda procura responder, observando um "interestelar único, de natureza até então inclassificável". Com conhecimentos astronômicos, a história baseia-se numa descoberta real: a natureza de Oumuamua gera debates acalorados. Ainda, o Observatório do Valongo existe: fica dentro da Universidade Federal do Rio de Janeiro.

Alexey Dodsworth baseou-se no clássico *O fim da infância*, de Arthur C. Clarke (1953), em *Contato*, de Carl Sagan (1985) e nas obras de divulgação científica de Avi Loeb, James Gardner e Hans Jonas. Ainda, na brasileira Odette de Barros Mott, que construía histórias sobre descobertas com meninas protagonistas.

- Já ouviu falar do Oumuamua? Vale se perder na internet fazendo essa pesquisa.
- Falar de alienígenas é falar de nós mesmos. Assim, qual sua história favorita sobre alienígenas? Quais medos e semelhanças nossos a narrativa apresenta?

"O Parthenon Místico contra o lobisomem da Perdição", de Enéias Tavares

Uma cidade está sob ataque de um lobisomem. Para combater o monstro, surgem Doutor Benignus, Vitória Acauã, Sergio Pompeu e Bento Alves — personagens de obras da literatura brasileira, por exemplo, de Augusto Emílio Zaluar e Raul Pompeia. Na narrativa, há palavras inventadas, como "barcarruagem" e tecnologias ficcionais como "energia tecnostática". O conto é um *steampunk*, ou seja, uma história alternativa na qual a tecnologia da máquina a vapor prevaleceu, um estilo retrofuturista, com influência da estética de Júlio Verne. Outros exemplos são os quadrinhos *The League of Extraordinary Gentlemen* (Alan Moore e Kevin O'Neil, 1999-2019), que deu origem ao filme *A liga extraordinária* (direção de Stephen Norrington, 2003).

Na juventude, o autor, Enéias Tavares, gostava de ler *Os Noturnos*, de Flavia Muniz, e *Pântano de Sangue*, de Pedro Bandeira.

• Como seria sua cidade no estilo *steampunk*?

• Quais personagens da literatura brasileira você traria para a sua narrativa?

"O segredo da planície", de Iana A.

Nínive, com dezesseis anos, está numa "colônia de férias" em uma lua. De agradável o lugar não tem nada: a garota trabalha duro em plantações. A autora do conto, Iana A., trata de um problema social real: a situação de migrantes e imigrantes, que deixam suas terras natais em busca de uma vida mais confortável e se veem numa situação de ainda maior precariedade. No conto, há o uso bem consciente da linguagem, recurso empregado em distopias clássicas como *1984*, de George Orwell (1949), e *Laranja mecânica*, de Anthony Burgess (1962).

Nas referências, aparecem os filmes *Space Camp*, dirigido por Harry Winer (1986), e *Caçadoras de aventuras*, de Kevin James Dobson (1995); o mangá seriado, escrito por Kaiu Shirai e ilustrado por Posuka Demizu, *The Promised Neverland* (*Yakusoku no Neverland*, 2016 a 2020); e *A batalha do Acampamonstro*, de Jim Anotsu (2018).

- Quais problemas sociais enfrentados por migrantes e imigrantes chamam sua atenção hoje?
- Você já tentou formar palavras inventadas? Como seria dizer uma frase nesta língua imaginária?

"O graffiti assombrado & o Palácio de Shabazz", de Jim Anotsu

Em um futuro próximo, Júlia e Valentina vivem sob um governo autoritário e uma severa proibição da cultura negra. Para criticar o racismo no Brasil atual, o conto apresenta uma distopia, com segregação espacial e violência institucional. Mas também apresenta um lado utópico e afrofuturista: ao celebrar a música produzida por tantos artistas negros, mostra a potência de suas criações e estratégias reais de resistência.

Nas referências do autor, Jim Anotsu, surgem músicos negros brasileiros, como Elza Soares, Emicida, Flávio Renegado e Racionais MCs; e internacionais, como Aretha Franklin, Bob Marley, Gil Scott-Heron, Nina Simone, além do grupo de Seattle Shabazz Palaces, que lançou, entre outros, o álbum *Lese Majesty* (2014). Artistas extraordinários, capazes de transformar a resistência e sonhos em sons e palavras.

- Quais obras afrofuturistas você conhece?
- Se você fosse fazer um conto celebrando a música produzida por artistas negros, quais homenagearia?

"Space Kate", de Lady Sybylla

Mundos imaginários discutem nosso próprio cotidiano. A autora e geógrafa Lady Sybylla apresenta-nos o planeta Amarna. No conto, Kate enfrenta uma competição, ganhando o coração dos juízes e os nossos. Na ficção, ocorre uma alteração de uma lei da física, a lei da gravidade. A narrativa ainda discute o acesso de mulheres em ambientes esportivos, celebrando a skatista Rayssa Leal nas Olimpíadas de Tóquio.

Outros mundos foram retratados muitas vezes — exemplos são *Crônicas marcianas*, de Ray Bradbury (1950); *Os despossuídos*, de Ursula K. Le Guin (1974); o conto "Exercícios de silêncio", de Finisia Fideli (1983) e *Justiça ancilar*, de Ann Leckie (2013).

- Como seria o seu cotidiano se você morasse em outro planeta? Como seriam a vegetação, os animais e outras características desse lugar?
- Qual o seu esporte predileto? Como seria praticá-lo em uma gravidade diferente da atual?

"O pranto do ronin", de Roberta Spindler

Histórias alternativas são muito populares, narrativas que ficcionalizam a história real. Nessa, há o retorno fictício do xogunato ao Japão, uma forma de governo autoritário, e Orin, uma jovem ninja, precisa defender-se de samurais ciborgues. A narrativa traz um traço *cyberpunk*, um estilo popular de 1980, com megacorporações e implantes corporais — um livro clássico seria *Neuromancer* (1984).

A autora, Roberta Spindler, valeu-se de referências da cultura japonesa: o filme *Os sete samurais* (direção de Akira Kurosawa, 1954); o mangá *Ghost in the Shell*, de Masamune Shirow (1989-1991), e as séries de jogos eletrônicos *Shinobi* (Sega, 1987-2011) e *Ninja Gaiden* (Tecmo, 1988-2014). Ainda inspirou-se nos livros de *A saga Otori*, da escritora inglesa Lian Hearn.

- Você já ouviu falar do código de ética do *Bushido*?

- Se você fosse criar uma narrativa em outro país, onde seria? Quais elementos da cultura você iria explorar?

"Isa e a Aliança Intergaláctica", de Toni Moraes

Isa precisa fazer uma escolha: entrar ou não na Aliança Intergaláctica. Aventuras interplanetárias são populares, como *Star Wars* e *Star Trek*, assim como o livro *O jogo do exterminador*, de Orson Scott Card (1985). A narrativa apresenta um conflito real como base: o garimpo ilegal em terras indígenas. Em 1993, houve o Massacre de Haximu, assassinato de indígenas Yanomami por garimpeiros, até agora o único crime julgado como genocídio no Brasil. A narrativa espelha ensinamentos do filósofo Ailton Krenak.

O autor Toni Moraes conta que, em geral, a região Norte nunca foi tema das ficções científicas que leu quando era jovem em Belém, mas foram marcantes *O super tênis* e *O robô que virou gente*, de Ivan Jaf, publicadas pela Vagalume. Hoje, inspira-se nas obras de Lu Ain-Zaila, Octavia Butler e Ursula K. Le Guin para compor suas histórias.

- O que você conhece sobre a Terra Indígena Yanomami?
- Se você pudesse participar da Aliança Intergaláctica, qual gesto de proteção dos ecossistemas faria?

"Rebento", de Vic Vieira Ramires

Tomás e sua irmã viajam a uma lua artificial nas imediações de Júpiter, com plantas nunca antes vistas pela dupla, até se depararem com um encontro interespécie. Misturando biologia, robótica e física, a narrativa investiga a vida diferente do que imaginamos. O conto celebra um estilo atual: o *new weird*, o "novo estranho" — China Miéville (Inglaterra), Jeff VanderMeer (EUA) e T. P. Mira-Echeverría (Argentina) escreveram obras nesse estilo.

Em seu processo criativo, "milkshake que sai dos meus miolos", Vic Vieira Ramires cita como referências a trilogia *Fronteiras do universo*, de Philip Pullman (1995-2000), livros de Jeff VanderMeer e a série *The Expanse*, de James S.A. Corey (2011-2021), adaptada ao audiovisual por Mark Fergus e Hawk Ostby (2015-2022).

- Você já se imaginou explorando um mundo alienígena pela primeira vez?
- Crie uma espécie ficcional fantástica. Como seria um encontro assim?

Para seguir explorando mundos

- Blog Momentum Saga, de Lady Sybylla: momentumsaga.com.
- Eita! Magazine, revista editada pela Iana A. e por outras pessoas, com contos em inglês e português: eitamagazine.com.
- Documentário *A última floresta* (direção de Luiz Bolognesi, 2021).
- Site da Brasiliana Steampunk, de Enéias Tavares: brasilianasteampunk.com.br.
- A antologia *Fractais tropicais* (org. Nelson de Oliveira, SESI-SP, 2018).

Autorias:
quem está por trás de cada conto

Ana Rüsche, organizadora

(São Paulo, 1979) Escritora e pesquisadora. Doutora em Estudos Linguísticos e Literários pela Universidade de São Paulo (USP), realiza pesquisa de pós-doutorado sobre ficção científica e mudança climática no Departamento de Teoria Literária e Comparada na USP. Seu livro mais recente é *A telepatia são os outros* (Monomito, 2019), vencedor do Prêmio Odisseia de Literatura Fantástica e finalista dos prêmios Argos e Jabuti.

Alexey Dodsworth

(Salvador, 1971) Autor e roteirista de ficção científica e fantasia. Seu livro *O esplendor* (Draco, 2016) venceu o prêmio Argos e a história em quadrinhos *Saros 136* (Draco, 2021) teve roteiro patrocinado pela Secretaria da Cultura e Economia Criativa do Estado de São Paulo. Doutor em filosofia pela Universidade de Veneza, cursa pós-graduação em ensino de astrofísica pela Universidade de São Paulo. Vive em São Paulo, em uma família multiespécie composta por humanos, felinos, quelônios, aves e plantas (algumas, carnívoras).

Enéias Tavares

(Santa Maria, 1981) Escritor, roteirista e professor na Universidade Federal de Santa Maria. Publicou *A lição de anatomia do temível Dr. Louison* (Leya, 2014), *Juca Pirama — Marcado para morrer* (Jambô, 2019), *Guanabara Real* (Avec, 2017) e *Parthenon Místico* (DarkSide, 2020), livro finalista do Jabuti. Como crítico, publicou *Fantástico brasileiro* (Arte & Letra, 2018, com Bruno Matangrano), entre outros trabalhos. *A todo vapor!*, com roteiro seu, estreou na Amazon Prime Video (2020). Sua graphic novel, com Fred Rubim, *O Matrimônio de Céu & Inferno* (Avec, 2019), foi lançada nos EUA.

Iana A.

(Recife, 1989) Escritora, tradutora e editora. Formada em história pela Universidade Federal de Pernambuco, possui formação pela LabPub, Unil, Fundaj e Núcleo de Estratégias e Políticas Editoriais, onde cursa uma pós-graduação. É editora na Eita! Magazine e na Revista Pretérita. Foi finalista do prêmio internacional Rosetta Awards, na categoria de tradução. Seu conto "O musgo da língua" (Trasgo, 2020) está disponível gratuitamente para leitura. Dá aulas durante o dia, escreve de madrugada e resgata gatos de rua nos intervalos.

Jim Anotsu

(Minas Gerais, 1988) Escritor, tradutor e roteirista de cinema, TV e publicidade. Referência na literatura juvenil brasileira atual. Entre outros, é autor de *A batalha do Acampamonstro* (Nemo, 2018), que está sendo adaptado para o audiovisual, *Rani e o Sino da Divisão* (Gutenberg, 2014) e *O serviço de entregas monstruosas* (Intrínseca, 2021), livro vencedor do CCXP Awards na categoria ficção, finalista do Prêmio Jabuti 2022 e também do Prêmio AEILIJ, entre outros. Seus romances estão publicados em mais de treze países.

Lady Sybylla

(Curitiba, 1980) Professora, escritora e geógrafa, mestra em ciências da terra pela Universidade de São Paulo. Autora das novelas *Deixe as estrelas falarem* (Dame Blanche, 2017) e *Por uma vida menos ordinária* (Dame Blanche, 2020), e de contos publicados em *Fractais tropicais* (org. Nelson de Oliveira, SESI-SP, 2018) e em *Vislumbres de um futuro amargo* (Magh, 2020). É capitã da Frota Estelar e fã de *Star Trek*.

Mantém o blog Momentum Saga (momentumsaga.com) desde 2010. Aguarda ansiosamente a abdução alienígena.

Roberta Spindler

(Belém, 1985) Escritora, graduada em publicidade e propaganda. Adora quadrinhos, games e RPG, e trabalha como editora de vídeos. Seu primeiro livro solo foi *A torre acima do véu* (Giz, 2014) e é autora de contos em diversas antologias, como *As crônicas da Unifenda* (org. Jana Bianchi, Plutão, 2020). De sua produção, destaca-se seu último romance, *Heróis de Novigrath* (Suma, 2018).

Toni Moraes

(Belém, 1986) Autor, editor e pesquisador. Publicou *O ano em que conheci meus pais* (Monomito, 2017) e *Eu estou morto* (contos, Monomito, 2018), com participações em antologias como *Realidades voláteis & vertigens radicais* (org. Luiz Bras, Alink, 2019) e *Amores em quarentena* (org. Marcelo Damaso, independente, 2020). Traduziu *Alvorada em Almagesto*, de T. P. Mira-Echeverría (Monomito, 2021). É editor na Monomito Editorial. Formado em Arquitetura e Urbanismo pela Universidade Federal do Pará, é mestrando em Literatura Brasileira pela Universidade de São Paulo.

Vic Vieira Ramires

(Niterói, 1991) Escritor, tradutor do inglês e artista visual. Autor de *Metanfetaedro* (contos, Tarja Editorial, 2012), publicou nas coletâneas *Fractais tropicais* (org. Nelson de Oliveira, SESI-SP, 2018) e *Aqui quem fala é da Terra* (org. André Caniato e Jana Bianchi, Plutão, 2018). Vic é trans não binário e queer. Seu trabalho mergulha no fantástico e no estranho explorando questões de corpo, tecnologia e linguagem. Com o autor Jim Anotsu, é cocriador do Manifesto Irradiativo (2015), uma reivindicação por diversidade e inclusão na ficção especulativa brasileira.

Este livro foi composto na fonte Fairfield LT Std Light e
impresso em papel polen natural 80g/m²
na gráfica BMF.
São Paulo, Brasil, dezembro de 2022.